FERNANDO VAZ

Ilustrações de Luís Montanari

Carrego no peito

Coleção Jabuti Vida

4ª edição

Editora Saraiva

Editor: ROGÉRIO GASTALDO
Assistente editorial: ELAINE CRISTINA DEL NERO
Secretária editorial: ROSILAINE REIS DA SILVA
Suplemento de trabalho: ROSANE PAMPLONA
Coordenação de revisão: LIVIA MARIA GIORGIO
Gerência de arte: NAIR DE MEDEIROS BARBOSA
Supervisão de arte: VAGNER CASTRO DOS SANTOS
Finalização de capa: ANTONIO ROBERTO BRESSAN
Projeto gráfico: ROSANGELA C. LIMA
Diagramação: WALTER REINOSO
Produtor gráfico: ROGÉRIO STRELCIUC
Impressão e acabamento: GRÁFICA PAYM

Dados Internacionais de Catalogação na Publicação (CIP)

Vaz, Fernando
Carrego no Peito / Fernando Vaz ; ilustrações de Luís Montanari. — 4. ed. — São Paulo : Saraiva, 2009. — (Coleção Jabuti)

ISBN 978-85-02-03820-2

1. Literatura infantojuvenil I. Montanari, Luís. II. Título. III. Série.

CDD-028.5

Índices para catálogo sistemático:

1. Literatura infantil 028.5
2. Literatura infantojuvenil 028.5

4ª tiragem, 2022

Editora Saraiva

SARAIVA Educação S.A.
Avenida das Nações Unidas, 7.221 – Pinheiros
CEP 05425-902 – São Paulo – SP
www.coletivoleitor.com.br

Tel.: (0xx11) 4003-3061
atendimento@aticascipione.com.br

CL: 810077
CAE: 605637

Coleção Jabuti Vida

Editora Saraiva

Carrego no peito

FERNANDO VAZ

Apreciando a Leitura

■ Bate-papo inicial

Daniel é um garoto vivo, atento às coisas a seu redor. E como não podia deixar de ser, a saúde de sua irmã gêmea Márcia é uma das coisas que o preocupam. Principalmente porque eles são como metades que se completam, segundo ele mesmo diz. Acompanhe, pelo olhar de Daniel, a luta de Márcia, uma garota corajosa e batalhadora, para vencer um defeito no funcionamento de seu coração e voltar a ser uma vencedora das piscinas. E descubra como a saúde de uma pessoa pode afetar aqueles que a amam.

■ Analisando o texto

1. Quando os pais de Márcia souberam de seu desmaio, levaram-na correndo para fazer exames médicos. Que exame foi realizado e o que foi diagnosticado?

R.: ____

2. Daniel e Márcia tinham apelidos de família. Você sabe quais eram? Quem os deu e por que motivo?

R.: ____

3. Daniel estava sempre torcendo e incentivando sua irmã durante as provas. Por quê?

R.: ____

4. Durante o Campeonato Municipal, Márcia teve um desmaio dentro da piscina e foi acudida pelo professor Maneco e por Artur. Como ela se sentia após os desmaios?

R.: ____

5. A psicóloga disse a Daniel que, quando um membro da família fica doente, toda ela adoece. Parece que ela estava certa. Quais foram os "sintomas" que apresentaram os pais do garoto?

R.: ____

Sumário

1

E O CAIXÃO NÃO BALANÇOU

Quando a Márcia subiu no pódio pela terceira vez, lembrei-me daquela manhã de domingo, há seis anos. Minha mãe levou-nos à área de lazer. Correu o olhar à procura de uma amiga e viu o rosto redondo e risonho de dona Lídia. Aproximou-se e cumprimentou-a.

— Lídia, me faça o favor de dar uma olhada em minhas crianças — pediu.

— Claro, Daniela. Suba sossegada.

Antes de ir, minha mãe fez a última recomendação: estávamos terminantemente proibidos de atravessar o tapume, atrás do qual se construía a piscina do condomínio.

Reuni-me aos meninos, que brincavam de radiopatrulha. Minha irmã, às meninas, que, sob o chapéu-de-sol, jogavam *balance o caixão*.

Para entrar numa das turmas, a da *polícia* ou a dos *bandidos*, em que os meninos se dividiam, eu precisava esperar que o último *ladrão* fosse preso. Sentei-me e fiquei olhando a brincadeira das meninas: formavam uma fila atrás da Maristela, que estava abaixada, as mãos quase no chão. Com os braços cruzados em suas costas, a Marcela escondia o rosto e, nas costas dela, outra menina escondia o rosto na mesma posição. E assim sucessivamente, numa grande fila da qual minha irmã era a penúltima.

— Todas prontas? — perguntou Lidinha, que escondia o rosto nos braços apoiados nas costas de minha irmã.

— Sim — responderam várias vozes ao mesmo tempo.

— Então vou começar — retrucou e, quase gritando, destacando as sílabas e balançando as nádegas no ritmo da frase, declamou: — Balance o caixão!

E fazendo os mesmos movimentos com as nádegas, num ritmo de vaivém quase cantado, todas as meninas responderam:

— Balance você! Dê um tapa na bunda e vá se esconder!

— Lá vou eu — gritou a Lidinha, erguendo o braço direito para o tapa; porém, parou o movimento e perguntou: — Você não vai aprontar aquilo, né, Márcia?

— Não, pode bater — respondeu minha irmã, rindo.

E lembrei-me daquele dia em que, bem nessa hora de levar o tapa da companheira, ela soltou um pum barulhento, arrancando tantas gargalhadas que a fila se desfez. A Márcia era assim: gostava de pregar peças, aprontar armadilhas para fazer rir. Uma menina alegre, gozada e divertida. E pensando nisso, vi a Lidinha descer o tapa com a mão direita que, com certeza, queria que fosse forte, mas o movimento terminou num *paf* sem graça na bunda de minha irmã, que riu mais forte e começou a declamar:

— Balance o caixão!

— Balance você! Dê um tapa na bunda e vá se esconder!

Márcia tirou o rosto dos braços que se apoiavam nos quadris de Marili, ergueu a mão para dar um daqueles tapas que estalavam ardidos, mas começou a desmoronar, lentamente, como se o seu corpo tivesse se transformado numa estranha geleia que se desequilibrava sem derreter. Não tive tempo nem de pensar, gritei:

— Dona Lídia, a Márcia, a Márcia...

E corri ao canteiro, onde minha irmã estava estatelada no chão, as meninas à sua volta, apavoradas.

Dona Lídia e eu chegamos ao mesmo tempo. Ela pediu para o segurança interfonar a minha mãe, abaixou-se e virou a Márcia de costas. Ela estava sem cor, os lábios brancos. Antes de dona Lídia tomar qualquer providência, Márcia abriu os olhos e espantou-se com as pessoas à sua volta. Levantou-se e espantou-se ainda mais ao ver meu pai e minha mãe correndo em sua direção.

— O que aconteceu? Você está sentindo alguma coisa, minha filha?

— Não sei, quando o Daniel me chamou ela já estava caída no chão — explicou dona Lídia.

— Eu estava vendo elas brincarem. A Márcia foi caindo devagar, mãe, até parecia em câmara lenta — contei.

— Você sentiu alguma coisa, Márcia? — quis saber meu pai.

— Não, não senti nada. Era minha vez de esconder. Ia dar o tapa e, quando vi, estava no chão, com todo o mundo em volta de mim.

— Vamos subir, Márcia — falou minha mãe.

— Por quê? — protestou minha irmã.

— Porque nós precisamos saber o que aconteceu.

— Não aconteceu nada, mãe.

— Como não?! Então você perdeu os sentidos e não aconteceu nada? Vamos já ao médico.

— Exatamente — confirmou meu pai, abraçando-a.

— E eu? — perguntei, pensando que minha manhã de domingo também estava acabada.

— Se preferir e se a Lídia concordar em tomar conta de você, pode ficar — respondeu minha mãe.

— Claro que tomo — concordou dona Lídia.

— Então, Lídia, obrigada. Nós vamos subir e marcar com o médico — disse minha mãe, já a caminho do elevador.

♡

Dali a pouco, meu pai pararia o automóvel, explicaria que estavam indo ao médico e voltariam logo; se eu quisesse acompanhá-los... Vi o ar preocupado de minha mãe, a cara emburrada de Márcia e, meio em dúvida, preferi ficar.

Em uma hora estavam de volta. Durante o almoço, eu soube que na manhã de segunda-feira Márcia faria diversos exames e, até lá, ficaria de molho, sem sair de casa.

2

ALGO ERRADO NA ORDEM DAS COISAS

O dia seguinte foi uma epopeia por laboratórios, centros de diagnósticos e uma enxurrada de palavras complicadas. De uma, jamais me esqueceria: eletrencefalograma. Ao fazê-lo, minha irmã ficou toda preocupada, principalmente quando a enfermeira começou a prepará-la.

— Não tenha receio, não vai doer nada — disse, pegando um punhado de fios.

— A senhora diz que não dói, me passa um troço gelado na cabeça e agora vem com esses fios! Não sou boba, é como conversa de farmacêutico, a injeção nunca dói, até que se espete a agulha — protestou minha irmã.

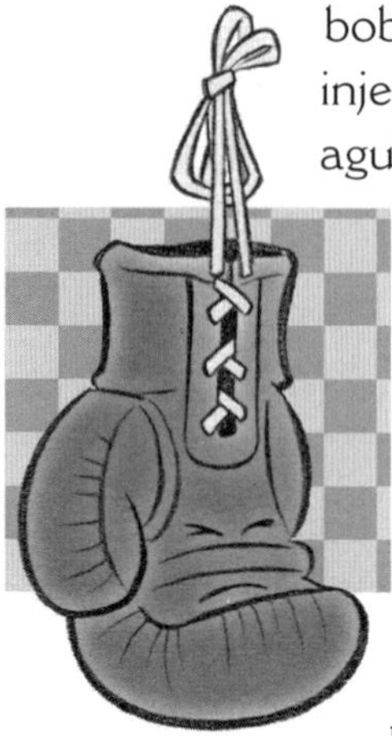

— Fique tranquila, aqui não tem agulha — respondeu e explicou que os fios seriam apenas sobrepostos em sua cabeça. — Este exame verifica como anda a atividade elétrica de seu cérebro. Ou pensa que nossa energia não é elétrica? É sim. Temos eletricidade circulando em todo o nosso corpo. E muita. Se as coisas não estiverem bem, as correntes elétricas trombam entre si, a gente leva uns choques, os órgãos não funcionam direito etc. Por causa disso a gente pode até ficar lelé — brincou, rindo e fixando aqueles fios todos.

Dias depois, envelopes e envelopes, com números, gráficos e relatórios com informações incompreensíveis continham o resultado dos exames. Meus pais e Márcia voltaram ao médico. Não pude acompanhá-los, fiquei em meu quarto, sentado à escrivaninha, o caderno e o livro abertos. Porém, meus olhos não liam nada. O manuscrito descuidado do caderno e as letras do livro eram só pretexto para eu mergulhar num poço de preocupações. Eu gostaria de saber qual o problema de minha irmã. E não me conformava. Logo ela, sempre tão saudável. Desde que nascemos, disseram que eu era o mais fraco, ela, a mais forte. A dominante. E lembrava-me da explicação de minha mãe, que ouço desde que me entendo por gente:

— Um dos gêmeos é sempre maior e mais forte. Em casa, esse papel coube a Márcia, muito mais robusta que o Daniel. Coitado, nasceu franzino, magrinho, encolhidinho, embirrado. Pra ser sincera, quando o vi pela primeira vez, enrolado e esmirrado, miúdo e enrugado, pensei que fosse perdê-lo.

E, olhando as letras do livro, eu recordava como tudo isso tinha se passado. Minha mãe não engravidava. Depois de três anos de casamento, ela e meu pai procuraram ajuda médica. O tratamento foi tão eficiente que vieram logo dois filhos, um de cada sexo.

— Assim, Daniela e eu não precisamos tentar outro filho para ver se vinha do sexo oposto — costuma brincar meu pai.

— Nem precisamos discutir quem seria homenageado: a menina seria Márcia, em homenagem ao Márcio; o menino, Daniel, em minha homenagem — completa minha mãe.

— E pronto, assim se resolveu tudo da melhor maneira e no menor prazo — sempre conclui meu pai, brincalhão e feliz.

E ele tem razão: Márcia e eu fomos apressados. Pouco depois do sétimo mês, minha mãe sentiu cólicas. Telefonou ao médico, que pediu que fosse ao consultório, afinal sua gravidez teve uma concepção delicada e era complicada por ser de gêmeos. Ela ligou para meu pai, que saiu do serviço para levá-la. Na sala de espera, quando minha mãe foi se sentar, a bolsa se rompeu. Foi aquela correria, num instante estariam na maternidade. À noite, Márcia e eu, ainda sem nome nem batismo, dormíamos em incubadeiras. Ela, pesando um quilo e quatrocentos; eu, um quilo e cem. Ela dormia tranquila e chupava o dedo; eu me enrolava todo e pouco mexia minha boca, perdida em meio às rugas de recém-nascido prematuro.

Márcia deixou a incubadeira antes de mim. Por minha causa, ficamos na maternidade por mais de uma semana. Como eu era muito pequeno e estava sempre enrolado, um amigo de meu pai me achou parecido com a mão de um boxeador, enluvada e pronta para dar um soco. Já uma amiga de minha mãe, ao ver a placidez saudável de minha irmã, disse que, de tão gorda e macia, parecia uma pata-choca. Por isso, quando saímos da maternidade, os apelidos estavam na boca de todos: éramos o Soco e a Pata. Melhor, a Pata e o Soco, porque, em tudo, a Márcia estava à minha frente. E, no entanto, era mais nova que eu, pois, mesmo tendo nascido primeiro, segundo o médico, foi gerada depois.

— O menino deve ser alguns milésimos de segundo mais velho — explicou.

Por muito tempo, porém, tive a impressão de que ela era mais velha que eu alguns meses ou um ano. Para mim, a Márcia sempre foi a irmã mais velha, cuja autoridade eu respeitava.

Por isso, naquele dia, como estava sozinho em casa, pois ela e meus pais tinham ido ao médico, eu pensava em minha irmã e entrava em pânico, imaginando que minha vida seria impossível sem ela, sem a sua presença às vezes implicante e sempre exigente, cheia de ordens e determinações. E só de pensar que ela pudesse ter alguma doença grave, vinha-me à garganta uma bola de ar que amarrava músculos e nervos num nó dolorido, me impedia de falar e me enchia de lágrimas os olhos, que fingiam ler os garranchos do caderno ou as letras do livro. Para deixar claro como eu

me sentia: o meu espanto era a Márcia estar doente e não eu. Eu de cama, eu com febre, eu tomando remédio, eu indo ao médico, enquanto ela brincava, distribuía risadas e simpatia, cativava as pessoas, fazia amigos, sempre vendendo saúde — a isso eu estava acostumado. Agora, ela no médico e eu saudável, isso me deixava a sensação de que havia algo errado na ordem das coisas, na vida e no mundo. E espantado, permanecia ali, com o livro e o caderno abertos à toa.

3

A PRESENÇA VIGILANTE DE MINHA IRMÃ

Quanto tempo permaneci daquele jeito? Não sei. Com certeza, mais de hora: o sol estava longe, o céu alaranjado, quando ouvi barulho de elevador. Saltei da cadeira e corri à sala.

Sorridentes e tranquilos, abriram a porta. Entendi que a papelada com números, gráficos e relatórios incompreensíveis nada continha de assustador, só de tranquilizador, pois meu pai jogou o paletó num canto do sofá, afrouxou a gravata e falou:

— Daniela, nesta altura da batalha, mereço uma cervejinha gelada.

— Ah, eu também quero um copo — concordou minha mãe.

— E o Daniel e eu merecemos um refrigerante —

completou minha irmã, falando por nós dois, como de costume, e já a caminho da geladeira em busca das bebidas.

Meu pai sentou-se, tirou o sapato, pegou a cerveja que a Márcia levou e despejou-a do alto, para formar aqueles dedos de espuma que ele considerava indispensáveis. Não sei para que, talvez para manchar seu bigode de branco. Daí, tomou um gole grande e comentou com minha mãe que, felizmente, não havia um motivo que justificasse o desmaio de Márcia.

— Graças a Deus, Márcio. Fiquei tão aflita com a possibilidade de essa menina ter disritmia cerebral. Ah, se tivesse de tomar os remédios que meu irmão tomou quando moço! Davam um sono mortal e eram motivo de piadas e gozações.

— Mas hoje está curado. E o importante é que a nossa Márcia não tem nada.

— Graças a Deus.

Assim, confirmou-se minha intuição: a Márcia tinha saúde para dar e vender. Por que desmaiou? Canseira, muita atividade, vai saber. Desmaiou sem motivo e pronto. E senti uma alegria intensa, que me esquentou o peito e me deu vontade de correr, de abraçar a Márcia e gritar, mas me contive, só tomei um gole de refrigerante.

— Fez a lição, Daniel? — perguntou minha irmã.

Minha mãe olhou para meu pai, como quem diz "viu como não tenho de me preocupar com as obrigações do Daniel? A Márcia dá conta disso", e tomou um gole de cerveja. Perdi o rebolado: afinal, eu tinha ficado todo aquele tempo em casa e nem sequer havia resolvido um problema de Matemática.

— Já sei, ficou me esperando, né, folgado! — concluiu a Márcia.

— Nada disso, não fiz porque não quis. Daqui a pouco faço — defendi-me.

— Quando eu for fazer, para conferir os resultados, certo?

— Sai do meu pé, chulé! — exclamei, falsamente bronqueado, pois, no íntimo, admitia que sem a sua presença eu não tinha sido capaz de fazer a lição e me senti meio perdido e sem rumo.

— Daniel, você sabe que a partir do sexto ano a vida escolar é diferente: cada um é dono de seu nariz, não existe mais tia de olho. Se você não cumprir suas obrigações, ninguém vai ficar cobrando; única e simplesmente você não passa de ano — lembrou minha mãe.

— Está vendo, Márcia, você sempre me faz levar bronca sem motivo. E tudo por causa de cinco problemas de Matemática que, em no máximo vinte minutos, resolvo — protestei.

— Mas e as outras matérias, estão em dia? — perguntou meu pai.

— Lógico — respondi.

Bem, depois do jantar, em meu quarto, sentado à escrivaninha, eu tentava entender por que as coisas se passavam daquele jeito comigo. Por que essa necessidade de ter a Márcia, a bem dizer, comandando ou supervisionando minha vida e ao mesmo tempo negar tão veementemente essa realidade, a ponto de brigar com minha irmã, como quase tinha acontecido. E quanto mais pensava, menos respostas encontrava, senão a certeza de que, não estivesse ela em casa, os problemas de Matemática que eu ia resolvendo um a um estariam ainda apenas anotados em meu caderno.

4

DETERMINADA ATÉ DEBAIXO D'ÁGUA

A vida retomou seu ritmo; o tempo, suas ironias. O domingo em que foi inaugurada a piscina do condomínio amanheceu nublado, com um vento frio e cortante, verdadeira antecipação do inverno. Poucos se aventuraram a um mergulho e se arrependeram: a água estava gelada, o sol, escondido por densas nuvens. Mas valeu pelo churrasco e pelas brincadeiras. Lembro-me da agitação, dos meninos desastrados correndo e trombando com meninas delicadas que gritavam em protesto, dos adultos que se desmanchavam em conselhos. Barris de chope, caixas cheias de gelo para refrigerantes, televisão disputando espaço com aparelho de som.

Quase quatro da tarde, a brasa da churrasqueira já era cinzas; todos tinham comido e bebido, conversado e discutido. Nós, meninos e meninas, tínhamos esgotado nosso estoque de brincadeiras, estávamos sem saber como nos divertir. De repente, o inesperado barulho de alguém mergulhando. Todos olhamos para a piscina. Era Márcia.

— Ela vai sair com o corpo num cubo de gelo, como nos desenhos — comentou alguém.

Indiferente aos comentários, depois de muito nadar em vários estilos, minha irmã saiu da água apenas pulando para se esquentar. Pegou uma toalha, enxugou-se e correu mudar de roupa.

— Puxa, a Márcia está nadando bem, hein, Daniela! — comentou dona Lídia.

— É, diz que gosta. Parece que faz parte da equipe de natação da escola, não é mesmo, Daniel? — comentou minha mãe.

— Se faz parte, não sei. Mas não perde um treino — confirmei.

Dali a pouco, voltava a Márcia, vestida com uma blusa grossa. Minha mãe lhe perguntou se fazia ou não parte da equipe de natação.

— Estou treinando. Em agosto, a escola vai fazer uma prova para escolher quatro alunos de cada categoria para representá-la no campeonato municipal em novembro.

— E você tem chance? — quis saber minha mãe.

— Sei lá, estou treinando. Outras meninas também treinam, muitas há mais tempo, então...

— Bem, agora você pode treinar sem sair de casa — observou dona Lídia.

— Pois é, quero aproveitar ao máximo.

E aproveitou: todo santo dia, treinava, treinava e treinava.

♡

Por causa do frio de rachar, durante as férias de julho a Márcia era a única frequentadora da piscina. Todos os dias, às três da tarde, descia. Primeiro, aquecimento; depois, exercícios; então, mergulhava e nadava. Ia e vinha, várias vezes em *crawl*, outras tantas de costas. Saía, andava um pouco, num ritmo sempre igual, fazendo exercícios respiratórios e movimentos circulares com os braços e voltava à água, para novas idas e vindas em nado peito; depois, em borboleta. Saía, enxugava-se e corria para o banho quente.

Minha mãe achou que ela exagerava. Chamou-lhe a atenção e Márcia respondeu que precisava treinar para a prova de agosto. E com decidida determinação, explicou que, com frio ou calor, sol ou chuva, treinaria no mínimo duas horas todos os dias.

— Mas você não treinava tanto assim antes das férias, minha filha — observou minha mãe.

— Como não? O que a senhora imagina que eu ia fazer na escola todas as tardes? Passear? Nada disso, ia treinar.

À noite, minha mãe comentou com meu pai o "exagero" da Márcia. Ele pensou um pouco, chamou minha irmã e perguntou se, durante as férias de inverno, ela não poderia usar a piscina da escola, que era aquecida e protegida contra o mau tempo.

— Bom, pai, isso não sei, só consultando irmã Jacinta.

— Pois vou conversar com ela.

Infelizmente, não era possível: por causa do uso intenso, o colégio aproveitava as férias para serviços de manutenção do parque esportivo.

— Bem, e o que vamos fazer, Márcio? Permitir que a Márcia treine apesar do frio ou...

— Não sei, Daniela, se você acha que não convém...

Mas meu pai não pôde terminar, pois minha irmã, com seu jeito determinado, interrompeu-o, dizendo que, gostassem ou não, todos os dias treinaria e não pararia por nada deste mundo. Minha mãe já ia estressando e chegou a dizer que, se ela e meu pai não quisessem, a Márcia não treinaria e pronto. Porém, meu pai, conciliador, se incumbiu de encontrar uma piscina aquecida para minha irmã treinar durante as férias de inverno.

E encontrou próximo de casa. Mas nem por isso Márcia deixou de dar seus mergulhos na do condomínio, tal a sua vontade e determinação de ser uma das representantes da escola no campeonato municipal de natação.

5

A GRANDE PARTICIPAÇÃO DE MÁRCIA

Lógico, depois de tanta dedicação, não surpreendeu a ninguém o desempenho de Márcia. Chegou no nado *crawl* e borboleta em primeiro lugar; costas em segundo; no revezamento, terceiro. Só não subiu ao pódio na entrega das medalhas de nado peito, mas sua classificação, quarto lugar, não era desprezível. Em sua categoria, feminino infantil, foi quem mais fez pontos. Não só estava na equipe, como podia escolher as modalidades, pois, a fim de que o maior número de alunos participasse, tinha se estabelecido que cada atleta nadaria no máximo em dois estilos e participaria de só uma das equipes de revezamento.

Márcia escolheu *crawl* e costas, de fato as modalidades em que tinha melhor desempenho, apesar de, na competição, ter obtido o primeiro lugar em borboleta e o segundo em costas. É que nessa prova ela se atrapalhou na saída e não conseguiu recuperar todo o tempo perdido.

E eu, onde ficava nessa história? Sempre à borda da piscina, incentivando, gritando e torcendo pela Márcia. Natação nunca foi meu forte e jamais gostei de competições. De pequeno, só me dava bem nos jogos de queimada: eram mistos e eu participava do mesmo time de minha irmã. Por quê? Sei lá, coisas de gêmeo. Hoje, sou capaz de compreender: em minha cabeça, a Márcia e eu éramos um só, um complementava o outro. Porém, como somos de sexos diferentes, jamais integraríamos o mesmo time nos esportes em equipe e, nos individuais, o sucesso de minha irmã também era meu e sentia-me tão ou mais realizado que ela mesma.

6

UMA DAS MELHORES

A partir do campeonato municipal, minha irmã ficou conhecida em Ribeirão Preto como uma das melhores nadadoras de sua categoria. Subiu ao pódio duas vezes, para pegar a medalha de ouro de cem metros nado livre e a de prata do revezamento. Outra vez se atrapalhou na prova de nado costas; ainda assim, conquistou um honroso quarto lugar.

Meu pai foi procurado por clubes que gostariam de ter a Márcia como uma de suas atletas. Ele e minha mãe discutiram a conveniência de deixá-la assumir esse compromisso.

— Quer minha opinião, Márcio? Melhor a Márcia continuar apenas atleta da escola. No momento, sua formação é o mais importante. Levando em conta que na escola ela conta com técnico e treinamento, participa de competições... No mais, o compromisso com uma equipe semiprofissionalizada pode pôr em seus ombros muita responsabilidade, sem contar que, na certa, vai atrapalhar os estudos. O ideal é deixar a vida da menina como está. Futuramente...

— Legal, Daniela, tenho a mesma opinião. Digo a quem me procurou que, futuramente, se ainda houver interesse...

Márcia acatou numa boa a decisão, que, em vez de desanimá-la, serviu de incentivo: começou a dedicar-se à natação com olhos para o futuro, quando poderia até se profissionalizar. Tanto que, no campeonato do ano seguinte, em 1996, subiu ao pódio três vezes para receber duas medalhas de ouro, nado livre e costas, e uma de prata no revezamento quatro por cem.

7

O INTRUSO

Nas férias de 1997, Márcia resolveu treinar na piscina do condomínio. Logo no primeiro dia, às seis da manhã, fomos acordados pelo interfone. Um moço chamado Artur queria falar com minha irmã, explicou o porteiro.

— O Artur! Fala pra deixar ele subir — gritou a Márcia de seu quarto, para em seguida lamentar a meia voz: — Puxa, como fui me esquecer do despertador.

— Quem é o Artur? — perguntou meu pai, com cara amarrotada de sono.

— É da equipe juvenil de natação e auxiliar técnico das categorias abaixo da dele. Vem treinar comigo, assim me ensina — explicou Márcia, entrando no banheiro às pressas.

— E os treinos vão ser todos os dias às seis da manhã? — perguntou minha mãe.

— Claro, depois das sete já começa a chegar gente para nadar e não dá mais treino.

— Hum — resmungaram meu pai e minha mãe ao mesmo tempo, com ar de que não tinham gostado da ideia de madrugar durante as férias.

— Mas vocês podem ficar sossegados, vou acordar todos os dias. Hoje, esqueci de pôr o despertador. Vocês nem vão saber que estamos treinando. Quando acordarem, o treino já vai ter terminado, eu já vou estar trocada...

— Sei — resmungou minha mãe.

E enquanto conversavam, abri a cortina da sacada da sala, para tentar ver quem era esse Artur. Na verdade, não me preocupava levantar cedo ou tarde, minha preocupação era saber quem era aquele sujeito e o que ele queria com minha irmã. Afinal, com que direito estava metendo o bedelho em nossa vida?

Como não o vi, corri me trocar. Não tive tempo de calçar o tênis, a campainha soou. Voei para atender do jeito que estava, sem lavar o rosto, pentear os cabelos e escovar os dentes.

Não me era estranho. Alto, ombros de nadador; os primeiros fios de barba e bigode já podiam ser vistos; cabelos pretos curtos, olhos escuros, nariz pequeno; ao falar, mostrava dentes bonitos e meio desalinhados; na orelha esquerda, um brinco de argola. Aparentava quinze anos.

— A Márcia... — disse, meio sem saber o que falar.

— Já estou indo, Artur! Desculpe, perdi a hora — minha irmã gritou.

— Ah — balbuciou, tranquilizando-se.

Fiquei olhando, sem demonstrar simpatia. Com certeza, minha expressão era de desagrado, pois ele não conseguia esconder seu mal-estar. Quanto tempo ficamos assim, nesse mudo desafio, um olhando para o outro, não sei. Mas foi um tempo razoável, pois, quando a Márcia apareceu, vestida em roupa de banho e touca de natação, perguntou, com ar de repreensão:

— Por que não convidou o Artur para entrar, Daniel?

— Sei lá — respondi, fazendo um muxoxo para dizer que o lugar dele era lá fora.

Então, ela cumprimentou o Artur com um beijo. Já a caminho do elevador, pediu desculpas pelo atraso; ele disse para ela não se preocupar, teriam muito tempo de treino.

Corri ao banheiro, lavei-me, escovei os dentes, penteei-me, pus roupa de banho e voei atrás deles, pensando que, nunca, jamais deixaria minha irmã sozinha com aquele enxerido. Porém, ao chegar à piscina, me dei conta de que ali não tinha lugar para mim. Os dois faziam exercícios com vigor e afinco. Quando ficaram molhados de suor, entraram na água e começaram a nadar. Iam e vinham. Em velocidade, depois devagar. Daí, outra vez depressa. E mais depressa ainda. Devagar. Depressa. E assim sucessivamente, em todos os estilos: *crawl*, costas, borboleta, peito.

Quanto tempo ficaram fazendo isso? Não sei, lembro que senti uma fome danada e não fui comer, fiquei ali, *fiscalizando* o treino. Eram mais de oito horas quando pararam. O sol estava quente. Saíram da água, enxugaram-se e minha irmã convidou o Artur para o café da manhã.

— Vê lá, moro aqui pertinho, duzentos metros — respondeu.

— E o que tem isso? Vamos subir, você come conosco e depois vai.

— Bem, mas vai ser só hoje, senão o que vão pensar de mim?

— Pensar o quê, Artur? — perguntou minha irmã. Em pensamento, respondi que pensaríamos o que de fato ele era: enxerido, atrevido, sem educação, folgado etc.

— Sei lá. Além de vir treinar, ainda filo boia — ele respondeu.

— Artur, você vem me treinar a meu pedido — explicou minha irmã.

— Tá legal — concordou, abrindo a porta do elevador.

Entrei junto e fiquei bem a seu lado, olhando bravo para o chão.

♡

Na noite daquele dia, meus pais tiveram uma conversa comigo. Minha mãe falou primeiro. Disse que a Márcia tinha a sua vida, que podia ter os amigos que bem entendesse, que não estava certo eu ficar grudado nela feito um guarda-costas. Respondi que eu não tinha ido com a cara do Artur, que não gostaria que minha irmã fosse sua amiga, que faria tudo para atrapalhar a amizade entre eles e que, se preciso, até meteria a mão na fuça do intruso.

Meus pais entreolharam-se. Minha mãe quis saber a razão de tanta antipatia. Incapaz de falar uma única palavra, olhei para ela, depois para meu pai, então para as estrelas do céu.

— Está vendo, meu filho, não há motivo pra sentir essa antipatia pelo Artur. Você precisa entender que sua irmã está crescendo, que está chegando a hora de cortar essa dependência sua em relação a ela. Vocês têm de continuar amigos muito próximos, como irmãos gêmeos que são, mas você precisa entender que tem de se afastar, porque cada qual vai levar a sua vida, cada qual vai encontrar um amigo, um parceiro... não sei se está entendendo...

— Mãe — interrompi, nervoso —, entendo tudo, você acha que estou com ciúme da Márcia. Mas não é isso, é que o Artur não é amizade pra ela.

Minha mãe ia retrucar, mas foi interrompida por meu pai, que perguntou o que, de concreto, eu sabia para dizer aquilo do Artur, um rapaz que, aparentemente, só tinha qualidades: bom estudante, esportista, de família etc. E de novo, para não enfrentar os olhos de meus pais, pus-me a olhar as estrelas. O que sabia eu de Artur? Nada, além de que fazia o colegial e era da equipe de natação. No entanto, quanto mais eu pensava, mais um ódio grande e irracional esquentava meu peito. Sim, grande, porque era maior que minhas forças, a ponto de eu não controlá-lo. E irracional, sim, porque não havia motivo que o justificasse, a não ser a sensação de que Artur era um intruso, que estava entrando em casa para nos roubar algo importante e insubstituível.

Não sei quanto tempo fiquei a ver estrelas, mas foram uns bons e longos minutos. Meu pai quebrou o silêncio incômodo. Disse que eu podia sair, se quisesse. Já tínhamos conversado o suficiente. Minha mãe quis falar, ele não permitiu:

— Daniela, esqueça. Precisamos da ajuda de um profissional, amanhã cuido disso.

De fato, no dia seguinte, no almoço, depois de eu ter levantado junto com a Márcia e ter descido com ela para "montar guarda" durante o treino com Artur, a quem fiz algumas malcriações e dediquei alguns destratos, meu pai disse que, às 16 horas da quinta-feira, eu teria uma consulta com a dra. Cristina.

— Mas não estou doente para ir ao médico — respondi.

— A dra. Cristina não é bem uma médica. É só pra vocês conversarem — explicou.

— E se eu não quiser ir?

— Seria bom que fosse, Daniel. Aliás, todos nós vamos, você é apenas o primeiro — respondeu minha mãe.

— Tá legal — concordei, contrariado.

8

FIQUEM DESCANSADOS

No início das aulas, a novidade: em abril, a escola realizaria a primeira olimpíada interna. O tempo voou, tanto que, depois de muita conversa com dra. Cristina, depois de afirmar mil vezes que eu era capaz de ficar longe de minha irmã, de ver o mundo com meus próprios olhos, de pensar a vida com minha própria cabeça, lá estava eu, na arquibancada, acompanhando as provas de natação. E cada vez que o Artur se aproximava da Márcia, algo tremia em mim, principalmente quando ela vencia uma prova e eles se

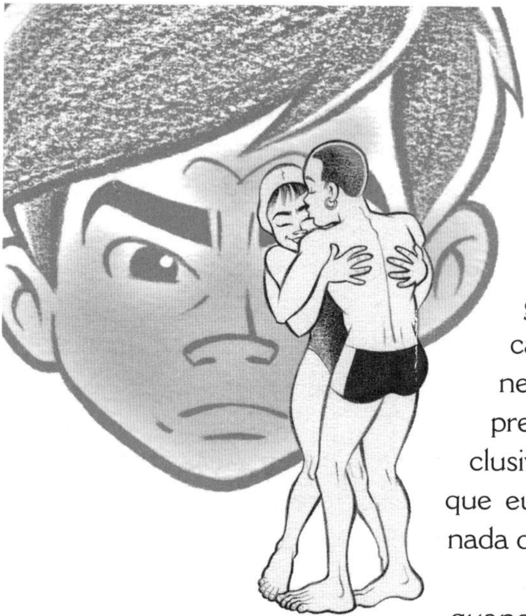

abraçavam e pulavam, trocando beijinhos. Eu sentia um verme estranho roendo meu coração, roendo, arrancando sangue, roendo, arrancando carne, sem dó nem piedade. Mas eu precisava mostrar, inclusive a mim mesmo, que eu não dependia em nada de minha irmã.

À noite, em casa, quando ela exibiu as medalhas, fiz ar de desprezo e disse que ela só sabia falar em natação. Ah, e naquele bocó do Artur, que também pensava que o mundo era uma piscina. Eu estava saindo para me juntar à minha galera, quando minha irmã começou a cair, devagar, aos poucos, como imagens de uma projeção em câmara lenta.

Meu pai pulou do sofá e amparou-a. Minha mãe saltou da poltrona, segurou seu rosto e começou a sacudi-lo. Eu, sem saber o que fazer, perdi a voz. Num instante, minha irmã abriu os olhos, olhou-nos a todos e perguntou o que tinha acontecido.

— Nós é que gostaríamos de saber — respondeu minha mãe. E, em tom de súplica: — O que aconteceu, Márcia?

— Não sei. Eu estava conversando e tive a impressão de que as coisas sumiram, assim, como se eu me desligasse do mundo — explicou.

— Daniela, vamos ao dr. Válter.

— Pra quê, pai? Estou bem — protestou minha irmã.

— Márcia, vamos imediatamente — ordenou minha mãe.

Dali a pouco, estávamos todos no hospital. E, no dia seguinte, foram feitos novos exames e mais uma vez nada de anormal foi detectado.

— Não sei a que podemos atribuir isso, seu Márcio — disse dr. Válter. — Apesar de os exames não sugerirem nada no coração, para desencargo de consciência, vou encaminhá-la ao cardiologista, que pode ser o dr. Celso, se estiverem de acordo.

♡

Eletrocardiograma e ecocardiograma. Os resultados nada acusaram, mas dr. Celso não se mostrou satisfeito:

— Ninguém desmaia de graça — disse praticamente a si mesmo. Então, em voz alta: — Bem, os exames indicam que está tudo bem com o coração da Márcia: tamanho e estrutura normais, válvulas perfeitas, funcionamento preciso. Porém, ninguém desmaia à toa. Como ela está em fase de crescimento, seu organismo passa por verdadeira revolução. Vamos atribuir o desmaio a isso, mas fiquemos de olho. Se ocorrer nova síncope, me procurem.

— Síncope! Sempre ouvi dizer que isso é coisa séria, doutor — exclamou minha mãe.

— Por favor, dona Daniela, esqueça essa palavra e fiquemos assim: se a Márcia desmaiar de novo, me procurem. E fiquem descansados, nada anormal foi detectado — concluiu.

9

NO CAMPEONATO MUNICIPAL

Em novembro, no campeonato municipal, a Márcia teria subido ao pódio três vezes para receber medalhas de ouro. A prova de revezamento foi emocionante. Minha irmã foi a última a nadar, a equipe estava atrás da que acabou em segundo na classificação. Tão logo sua companheira encostou a mão na borda, ela saltou. Um mergulho bonito, exato e perfeito: Márcia jogou-se para o alto, esticou o corpo, dobrando a espinha de maneira a fazer no ar um ligeiro arco, cujo centro era a barriga; depois, num movimento rápido para endireitar o corpo, bateu na água tão obliquamente, feito uma chapa, e, a bem dizer, saiu nadando. Só com o mergulho recuperou boas braçadas. A galera começou a gritar, certa de que ninguém seguraria a equipe do Nova Dimensão. Por isso, quando ela, com a última e longa braçada, tocou a borda da piscina, vencendo a prova, a arquibancada balançava ao som dos gritos ritmados:

— É sopa! É sopa! É sopa de feijão! Arruma outra equipe pra nadar co' Dimensão.

Como de costume, Márcia levou a perna contra a borda da piscina, deu um impulso com força e deixou o corpo deslizar sobre as águas, de costas. Voltou, fez um giro lento e deu outro impulso com os pés. E todos ficamos olhando seu corpo leve sobre a água. De repente, meus olhos, que eu tanto queria que vissem outras meninas, mostraram-me a Márcia toda mole, boiando sem rumo. Sem pensar, num pulo saltei a divisória que separava o público da piscina e, quando os seguranças tentaram me agarrar, gritei:

— Minha irmã, minha irmã!

— O que tem a Márcia? — perguntou o professor Maneco, correndo para proteger-me dos seguranças que já me cercavam, com gestos pouco amigos.

— Olha lá, ela perdeu os sentidos, vai morrer afogada — concluí desesperado e ouvi o barulho de corpos na água.

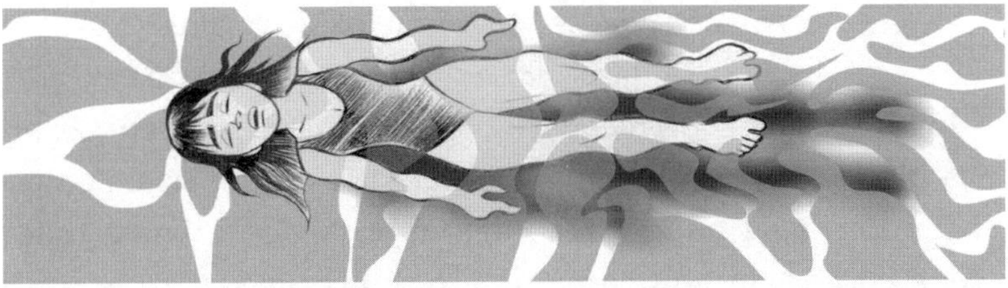

Um era o professor Maneco, que segurou minha irmã, desfalecida; o outro, claro, só podia ser o Artur, que o ajudou a levá-la até a borda, onde a Márcia abriu os olhos, olhou em volta sem saber exatamente onde estava nem o que tinha acontecido. Porém, ao ouvir o público ainda gritando, embora com menor estardalhaço, compreendeu tudo, deu uma risada triste, saiu da piscina e falou:

— Só perdi os sentidos, agora está tudo bem.

Pediu ao professor Maneco para representá-la na solenidade de premiação: precisava ir para casa. Lógico, fui junto e não permiti que o Artur nos acompanhasse:

— Mas a Márcia...

— A Márcia está doente — interrompi, com um gesto que o afastou definitivamente.

Tão logo chegamos, minha irmã teve uma crise de choro. Falava que nunca mais poderia nadar na vida.

— Márcia, o dr. Celso vai examinar...

— Mãe, eu não queria falar, mas não foi a primeira vez que desmaiei na piscina.

— Como é, Márcia? Quer dizer que...

— É, mãe, desmaiei outras vezes. Um dia, treinando para o campeonato da escola, relaxei para descansar e, quando vi, acordei, sem saber ao certo onde estava.

— Quando foi isso?

— Não sei, mas acho que em março.

— E por que não contou?

— Tinha medo que me proibissem de nadar.

— Bem, além desse, teve outros desmaios?

— Tive, mãe. Umas duas vezes na piscina da escola. Outra, sozinha no vestiário. E outras duas vezes aqui, na piscina do condomínio. Parece que os desmaios estão ficando mais frequentes — falou, abraçando minha mãe, para chorar convulsivamente em seus braços.

— Calma, minha filha. Isso não há de ser nada. Vou ligar para seu pai e vamos procurar o dr. Celso imediatamente.

10

MAIS EXAMES

Dessa vez, um exame de nome simples: holter. Um aparelho na cintura da Márcia, com fios ligados ao peito, acompanharia o funcionamento de seu coração durante 24 horas.

— Doutor, o senhor acha que pode ser o quê? — quis saber minha mãe.

— Nada especificamente; estou pesquisando, vamos esperar o resultado.

— E se o exame não detectar nada?

— Ninguém desmaia de graça. Vamos pedir pesquisas mais amplas a um neurologista. Mas tenhamos paciência, suposições podem nos levar ao inferno.

Aí é que estava o problema: paciência. Onde encontrar? Depois que a Márcia tirou o aparelho, mais três longos dias para ficarem prontos os gráficos cheios de riscos e umas poucas frases, dentre as quais meu pai leu umas palavras de que ainda me lembro: **episódios ocasionais de bloqueio atrioventricular**.

Quando levamos o exame ao médico, ele foi logo perguntando o que significava aquilo. Dr. Celso foi reticente, disse que, por enquanto, nada, apenas havia sido detectado que ocasionalmente o coração de minha irmã perdia o ritmo.

— Isso é grave? — quis saber minha mãe.

— Não é nada que não tenha solução. Fiquem tranquilos.

— Mas o senhor falou...

— Calma, dona Daniela — interrompeu o médico. — O holter nos forneceu um indício. Vamos aprofundar a pesquisa, com outro exame — explicou, anotando o pedido, que entregou a meu pai. — Agora, vamos saber como estão funcionando os circuitos elétricos do coração da Márcia e, assim, confirmaremos ou não minha suspeita.

— Doutor, suspeita do quê?

— Dona Daniela, paciência! O holter sugeriu algo que só esse exame confirma. De posse do resultado, apresento um diagnóstico ou partimos para mais pesquisas. Mas fique tranquila: se confirmada minha suspeita, estaremos diante de um problema que hoje se resolve facilmente.

A Márcia olhou para mim, depois para o médico, então para meu pai, que perguntou qual era especificamente a suspeita do médico.

— Seu Márcio, compreendo sua angústia, mas não quero falar hipoteticamente. Só aumentaria a ansiedade e vocês poderiam mergulhar no inferno das suposições. Por ora, tenhamos paciência e esperemos o resultado — concluiu.

♡

Aquela noite, meu pai e minha mãe desentenderam-se. Ela disse que achava o dr. Celso muito vago. Meu pai perguntou, em tom grosseiro, o que ela queria que ele fizesse.

— Márcio, só fiz um comentário.

— E eu respondi que não posso fazer nada. Se a gente procurar outro médico, ele vai pedir esse exame que a Márcia faz amanhã. Por enquanto...

— Mas você não tem o direito de falar assim comigo — interrompeu minha mãe.

— Assim como? Falei como sempre falo, com a minha voz, a minha boca.

— Márcio, você foi agressivo, tá? E eu não me casei pra aguentar agressão de marido, mas pra ter um companheiro pra conversar, compartilhar dúvidas, aliviar tensões.

Meu pai olhou o chão, pôs as mãos na cabeça, levantou-se, andou pela sala e disse:

— Daniela, desculpe. Sabe, além do problema da Márcia, tenho tido problemas no trabalho, ando muito nervoso. Desculpe.

— Mas que problemas são esses no serviço? Você nunca disse nada!

— Claro, não resolveria nada, só aumentaria a insegurança familiar. Por isso, preferi não comentar. Mas tenho me desentendido...

— Você não corre o risco de perder o emprego, corre? — interrompeu minha mãe.

— Acho que não, mas são coisas que desgastam. Amanhã levamos a Márcia para fazer o exame. Sabe, enquanto permanecer essa indefinição, a gente fica com os nervos à flor da pele. Vamos dormir, Daniela.

— Vamos — respondeu minha mãe, que olhou para mim e fez sinal para que fosse me deitar também.

♡

O médico pediu para minha irmã se sentar na cama. Explicou que, pelo nariz, introduziria um cateter, que alcançaria o seu esôfago. Daí, ele estimularia seu coração. E, enquanto explicava, segurou sua nuca, de maneira que ela não pudesse levar a cabeça para trás, e disse para, em nenhuma hipótese, fazer aquele movimento que ele inibia. Ao falar, introduziu o cateter tão rapidamente que, quando minha irmã tentou protestar contra aquele troço em seu nariz, só pôde resmungar algo indefinido. Já estava preparada para o exame. O médico deitou-a e explicou que ela sentiria certo mal-estar, por conta dos estímulos que ele faria para verificar o funcionamento dos circuitos elétricos de seu coração.

— Nada insuportável, você vai ver.

— Puxa, no coração tem energia elétrica? — resmungou minha irmã.

— Claro. E é isso que estamos verificando, se a eletricidade que estimula os batimentos cardíacos está passando livremente pelos circuitos.

— Por quê? Pode não passar? — perguntei.

— Sim, se houver bloqueio. Nesse caso, o coração não funciona bem, a circulação fica prejudicada, principalmente no cérebro, e a pessoa sente tonturas, podendo até perder os sentidos.

— O senhor quer dizer que a pessoa, de repente, tem a sensação de que as coisas e o mundo somem? Se estiver de pé, cai; se estiver nadando... — resmungou minha irmã.

— Exatamente. Aliás, pessoas com esse tipo de problema, se não estiverem protegidas contra ele, não devem nadar — interrompeu o médico, sentando-se diante do computador, para então dizer, antes de minha irmã fazer o comentário que esboçou: — Firme aí, Márcia, estamos começando. Não vai doer, só aqueles incômodos no peito e na barriga.

E o médico apertava as teclas no computador, cujo terminal mostrava gráficos e gráficos. Às vezes, minha irmã fazia uma careta de insatisfação ou dor. Atento, ele perguntava se estava tudo bem. Ela respondia que sim. E ele prosseguia. De repente, exclamou:

— Ah, já sei o que a Márcia tem. Vou estimular de novo, mas é isso. — E apertou umas teclas, minha irmã fez uma careta. O médico tornou a apertar as mesmas teclas, a Márcia tornou a fazer as mesmas caretas. — É, já sei o que você tem.

— O quê? — resmungou minha irmã.

— Vamos terminar o exame, depois explico — disse, apertando mais teclas.

Dali a pouco, pediu a minha irmã que se sentasse. Enquanto ela se levantava, ele segurava-lhe a cabeça. Então, tirou o cateter, limpou-o, desinfetou-o e guardou-o numa maleta.

— A Márcia tem bloqueio atrioventricular — explicou, usando aquela palavra que então já me perseguia.

— Confirma o que o holter detectou. O que significa isso, doutor? — perguntou meu pai.

— Significa que os impulsos elétricos que estimulam os batimentos cardíacos, às vezes, ficam bloqueados, a contração ventricular não ocorre e o coração perde o ritmo.

— E qual o remédio para isso, doutor?

— Seu Márcio, vou fazer o relatório e encaminhá-lo ao dr. Celso, que vai explicar tudo detalhadamente para vocês. Mas fique tranquilo, não é nada preocupante — concluiu.

♡

Ah, silenciosa volta para casa! Entramos, fui a meu quarto, peguei caderno e livros. A Márcia foi ao dela. Minha mãe e meu pai não foram trabalhar, ficaram à espera do telefonema do dr. Celso. Doída vontade de chorar! O que tinha minha irmã? Problema no coração? Continuaria viva? E ao imaginar o mundo sem sua presença, lá vinha a danada bola de ar amarrar os músculos de minha garganta num nó dolorido, que só se desfazia com lágrimas.

O telefone tocava. Agitação e correria, desencanto: não era o dr. Celso. Assim foi o dia todo. Parentes, amigos e aderentes pedindo notícias. Até o intruso do Artur ligou três vezes. Numa delas, a Márcia falou, com todas as letras:

— Segundo o médico, meu problema no coração tem cura, por isso não estou preocupada.

Ele, Artur, o enxerido, na certa estava. E quanto mais me lembrava de seu rosto fino, do brinco de argola na orelha esquerda, dos cabelos raspados, mais raiva sentia e jurava a mim mesmo que ele não nos roubaria nada, muito menos minha irmã.

Anoiteceu. Impaciente, meu pai disse que ia ligar para o dr. Celso. Levantou-se e o telefone tocou. Era o médico. Minha mãe correu para ouvir a conversa. Lembro-me de meu pai perguntando:

— Doutor, o senhor está dizendo que a Márcia vai precisar implantar um marca-passo?

— ...

— Não tem outro remédio? Tão nova, uma menina ainda, doutor...

— ...

— Hoje em dia é simples, seguro e eficiente? Mas ela é uma menina!

— ...

— Está bem, doutor. Vamos a seu consultório amanhã.

Então minha mãe, já com os olhos cheios de lágrimas, olhou para meu pai e disse que não era possível, que algo estava errado, que ela nunca tinha ouvido falar de alguém que, aos catorze anos, tivesse posto marca-passo.

— Daniela, amanhã vamos ao consultório conversar com dr. Celso e o médico que faz a operação. Vamos ouvir o que têm a dizer. Depois, acho que devemos procurar outros médicos, ouvir outras opiniões...

— E se eles confirmarem tudo?

— Bem, acho que só nos resta permitir que ponham o marca-passo — concluiu meu pai, soltando soluços que não conseguia mais conter, enquanto minha mãe abraçava-o.

11

ENTRE PRESSÁGIOS E PESADELOS

Não dormi bem aquela noite. O sono não vinha, eu fechava os olhos e via minha irmã boiando sem sentidos, enquanto a torcida gritava, pulava, comemorava. E, ao pensar que ela poderia ter se afogado, sentia um cutucão no estômago, dava um pulo na cama e abria os olhos na escuridão: os dentes brancos de Márcia brilhavam num sorriso feliz e seguro.

Isso se repetiu tantas e tantas vezes que me levantei. Fui à sala, sentei e notei, na estante, esquecidas diante de uma fileira de livros, com largas tiras verdes e amarelas, três enormes medalhas redondas, em cujo centro, sobre o desenho de um nadador, lia-se: *Honra ao Mérito*. Tão bonitas, pareciam de ouro! No entanto, ali estavam, esquecidas desde o dia em que o professor Maneco as levou. Ao contrário das demais, minha irmã não as fixou no quadro que tinha pendurado na parede de seu quarto. Um quadro grande, que ela jurava que ficaria abarrotado de medalhas. Já tinha muitas e muitas, mas, para enchê-lo, faltavam outras muitas e muitas. E as três ali, esquecidas. Será que minha irmã tinha desistido? Será que nunca mais nadaria na vida? E, ao me fazer essas perguntas, entristeci, como se fosse eu, reconhecido fracasso em natação e demais esportes, quem estivesse abandonando as piscinas. E a vontade de chorar formava aquele nó com os músculos de minha garganta.

Mas não tive tempo de chorar, ouvi passos no corredor. Era meu pai, que, ao me ver, perguntou o que eu fazia na sala àquela hora da madrugada.

— Estou sem sono.

— Pois fique deitado que o sono vem. Volte para a cama.

— Pai, a Márcia...

— Daniel, por favor, vá dormir — pediu, fugindo do assunto que nos atormentava a todos.

Voltei ao quarto e deitei de barriga para cima, olhando o teto. Não sei se adormeci e sonhei ou se apenas, semiconsciente, vi, como num absurdo e escuro filme: dois cavalos negros puxavam uma carruagem com um caixão de defunto e brigavam entre si, cada qual tentando correr para um lado; de repente, a carruagem partiu-se ao meio e o caixão caiu na rua. Os cavalos correram, um para cada lado, cada qual levando meia carruagem. O que fazer com aquele caixão? Quem estava nele? Eu sabia que era minha irmã, mas não admitia. Então, vi-me num pasto, em busca dos cavalos. Logo os encontraria, montaria num deles e fugiria a galope rumo ao horizonte interminável, para bem longe daquele caixão que não me saía da memória.

Apesar do ventilador, eu suava. Fazia muito calor. Lembrei que faltava pouco para o Natal e entristeci com a sensação de maus presságios. Fechei os olhos em busca do sono. Não sei se dormi, mas o pesadelo repetiu-se. E assim foi até a manhã trazer luz e passos no corredor. Minha mãe e meu pai levantavam-se. Com certeza, também não tinham dormido.

E a Márcia? Ao pensar nela, ainda mais triste fiquei. Talvez não tivesse consciência da gravidade de seu problema.

12

OS NODOS ELÉTRICOS DO CORAÇÃO

No dia seguinte, a secretária da dra. Cristina ligou logo depois do almoço, para saber se eu iria à sessão daquela tarde, pois tinha faltado na da semana anterior.

— Claro que vai — respondeu minha mãe.

Por isso, contra minha vontade, não os acompanhei ao consultório do dr. Celso e fui conversar com a analista, que, dentre outras coisas, disse que eu não deveria participar das consultas de minha irmã: minha presença em nada ajudava e podia atrapalhar.

— Doutora, ela é minha irmã.

— Sim, e por isso você sofre. Mas, participando assim de tudo, o sofrimento só aumenta para você e também para ela. Aliás, diga a seus pais que preciso falar com eles.

Não sou capaz de lembrar o que se passou até o fim da consulta. Sei que, quando meus pais foram me buscar, estavam com uma expressão tão triste e espantada que tive a certeza de que a conversa com os médicos não tinha sido boa, apesar da tranquilidade inabalável da Márcia, como se não fosse em seu coração que estavam as causas de toda a nossa angústia.

— E daí? — perguntei a minha irmã, sentando-me a seu lado.

— Tudo bem. O médico explicou tudinho: nosso coração funciona como uma bomba, bate mais de cem mil vezes por dia e se divide em quatro partes: duas superiores, aurículas ou átrios, e duas inferiores, ventrículos. As aurículas ou átrios se enchem de sangue e os ventrículos se contraem para bombeá-lo para o corpo. Através de estímulos elétricos, nosso organismo controla esse bombeamento. Aí é que está meu problema. No coração, a gente tem dois conjuntos de células responsáveis por esses estímulos, são chamados nós ou nodos. Um é o nó... Como é mesmo, papai?

— Sinoatrial — respondeu meu pai.

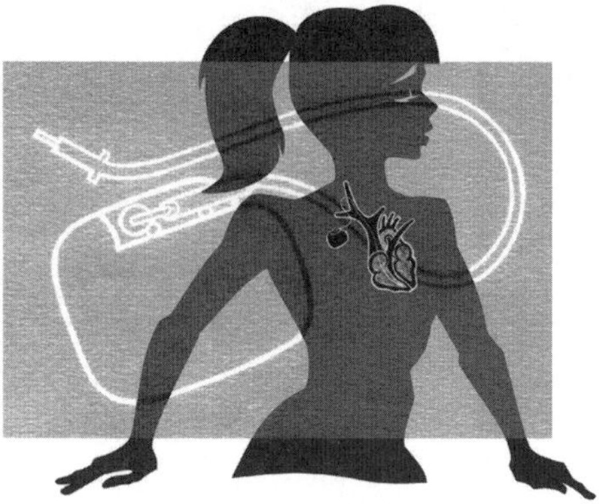

— Ah, é, sinoatrial. Esse nodo manda sinais ao atrioventricular, que estimula os músculos dos ventrículos para bombear sangue. Aí está minha encrenca, no nodo atrioventricular. O estímulo elétrico não acontece ou acontece fora de tempo, provocando falha na irrigação sanguínea.

— Ah! — exclamei, fingindo ter compreendido tudo.

Então, perguntei a meus botões o que os médicos fariam para normalizar esses estímulos elétricos. Poriam fios no coração de minha irmã?

— Mas o bom, Daniel, é que existe um aparelho para corrigir isso: o marca-passo, uma espécie de computador que é posto no peito da gente, bem aqui ó, debaixo da pele — explicou, como se adivinhasse a pergunta que eu me fazia em silêncio.

— Legal, Márcia, o marca-passo fica aí, mas o problema é lá no coração...

— Daniel, um fio, passando por uma veia, vai até o coração e dessa forma o marca-passo pode acompanhar seu funcionamento. Toda vez que for ocorrer um problema com o estímulo elétrico de meu organismo, o marca-passo estimula o coração, que volta a funcionar direitinho.

— Ah, legal!

13

A DISCUSSÃO DE MEUS PAIS E UM SONHO

À noite, as coisas pareciam ter voltado ao normal. Diagnosticada a doença de minha irmã, problema resolvido. Desci para brincar. Pouco depois das dez, fui me deitar. O cansaço da noite anterior maldormida bateu, adormeci tão logo me encostei à cama.

Com a impressão de que tinha dormido bastante, acordei com sede. Levantei-me para beber água. O corredor escuro; as portas dos quartos fechadas. Silêncio. Cheguei à sala e vi, verdes e brilhantes, os ponteiros do relógio da parede: onze e meia. "Uai, não é tão tarde", pensei. Vi luz na copa e ouvi a voz de minha mãe:

— Márcio, não entendo como foi acontecer isso conosco. Em minha família ninguém tem problema de coração.

— Na minha também não, Daniela — respondeu meu pai.

Pelo tom, percebi que se desentendiam. Fiquei quase sem respirar para não fazer barulho. Dei uns passos, para chegar mais perto e escutá-los melhor.

— Acha que a Márcia deve ser operada sem ouvirmos a opinião de outros médicos? — perguntou minha mãe.

— Daniela, os médicos estão seguros do diagnóstico...

— Márcio, por que não ouvir mais opiniões?

— Só se for em São Paulo e isso significa despesas.

— Quer dizer que a saúde de sua filha tem preço?

— Daniela, só quero que ela e o Daniel tenham saúde e sejam felizes. Vivo para isso.

— Pois não parece.

— Não seja mesquinha, Daniela. O dr. Vítor explicou: aqui, em São Paulo ou em Nova Iorque, vão fazer os mesmos exames, que vão detectar um problema que só marca-passo resolve.

— Mas isso falou o dr. Vítor. Eu gostaria de ouvir outro médico.

— E enquanto isso a Márcia continua com tonturas, correndo risco de vida, pois o médico foi claro, ela pode ter um desmaio e não voltar — ponderou meu pai, irritadíssimo.

— E você acha que uma cirurgia cardíaca não tem risco nenhum!

— Daniela, o dr. Vítor mostrou as estatísticas, muito dificilmente não daria certo. Risco, ela corre de toda maneira, inclusive agora, dormindo.

— Márcio, vamos deitar. Amanhã, de cabeça fresca, conversamos — propôs minha mãe.

Então, dei um pulo silencioso para trás e pus-me a andar, como se estivesse saindo do quarto àquela hora. Meu pai me viu e perguntou o que tinha acontecido.

— Nada, só vim beber água.

♡

Voltei à cama e deixei a calma e o cansaço da noite maldormida pelo caminho. A conversa de meus pais martelava-me a cabeça. Primeiro, o problema de saúde de minha irmã não era tão simples como eu tinha imaginado: para pôr o marca-passo, seria preciso uma cirurgia no coração; ficar sem o marca-passo era correr risco ainda maior. Segundo, o tom da conversa de meus pais não era de desentendimento, mas de briga: estavam magoados um com o outro. Por que se, em toda a minha vida, eu nunca os tinha visto assim?

Ao pensar nessas coisas, eu olhava o escuro e imaginava um filme triste: meu pai e minha mãe se separando, indo um para cada lado; ficávamos Márcia e eu, mas eu não sabia cuidar de minha irmã, que, sob o risco de desmaiar e não mais voltar a si, não podia sair de casa.

Dormi e tive um sonho estranho. Estávamos todos, meu pai, minha mãe, a Márcia e eu, na copa de uma árvore muito alta. Dali, olhávamos e víamos uma cidade grande e estranha, cujas ruas eram formadas por rios; por isso, as pessoas usavam sapatos enormes e inflados, verdadeiros botes que permitiam caminhar sobre as águas. A Márcia disse que ia passear, mas meu pai não deixou, pois ela corria grande risco. Minha mãe disse para eu ir no lugar de minha irmã e jogou-me de lá de cima. Um frio imenso na barriga. Eu caía e ouvia a Márcia pedindo para ir. Meu pai não deixava, minha mãe discordava, dizendo que minha irmã poderia ir, ainda que não soubesse nadar, não correria risco. De repente, um susto: bati meu pé na água, dei um pulo na cama.

Sentei-me e fiquei pensando nesse sonho. Por que as ruas da cidade eram rios? Por que minha mãe tinha afirmado que a Márcia não sabia nadar? Por que tinha me jogado de lá de cima, se sempre tive receio de saltar de trampolim? Uma só coisa coincidia com a realidade: meu pai e minha mãe estavam inseguros e tinham opiniões divergentes quanto ao procedimento com relação à saúde de Márcia.

14

UMA BRIGA INCOMPREENSÍVEL

Com a luz da manhã, levantei, cansado e com dores no corpo. Márcia e eu abrimos as portas de nossos quartos ao mesmo tempo. Olhei em seu rosto claro, seus vastos cabelos negros, ela riu e falou oi. Tranquila e descansada, estranhou eu deixá-la entrar no banheiro antes de mim.

— Ué, que bicho te mordeu? — perguntou.

Fiquei sem saber o que responder, pensando comigo por quanta coisa boba a gente briga nesta vida. Por exemplo, aquele horário de dividirmos o banheiro costumava ser de disputa e discussão, pois eu sempre fazia questão de entrar antes dela. Uma maneira de compensar todas as outras coisas que, ao longo de toda a vida, a Márcia tinha feito antes de mim, como andar e falar, aprender a ler e a escrever, fazer amizades e impor-se aos outros?

Enquanto ela lavava o rosto, escovava os dentes, eu pensava nisso. Meu pai saiu de seu quarto, vestido para o trabalho, os olhos fundos, a expressão cansada. Com certeza, ele também não tinha dormido bem.

Quando a Márcia desocupou nosso banheiro, minha mãe saiu do quarto. A maquiagem pesada e o penteado esmerado não lhe escondiam a expressão de cansaço, desgosto e aflição. Entrei e, ao ver-me no espelho, espantaram-me minhas olheiras. Lavando o rosto, pensei que havia algo muito errado em casa: a doente, a Márcia, era a única com feições tranquilas, gestos sossegados e sem ar de estresse ou angústia. Coitada, talvez não soubesse da gravidade de seu problema, talvez estivesse pensando (como eu antes de ouvir a conversa de meu pai e minha mãe) que implantar um marca-passo fosse algo tão simples quanto furar as orelhas.

Durante o café, a caminho da escola, confirmei essa impressão e convenci-me ainda mais de que minha mãe e meu pai estavam de relações abaladas, senão rompidas. Só conversavam o estritamente necessário e num tom de voz de mútua intolerância.

Na aula de História, eu fingia prestar atenção, mas não tirava os olhos de minha irmã, que, no intervalo, tinha me parecido muito pálida. De repente, ela abaixou a cabeça, e seu corpo, como uma geleia, começou a desmoronar. Dei um salto, o professor esboçou um gesto de repreensão, mas, ao ver-me segurando a Márcia pela cintura, correu para ajudar a ajeitá-la na carteira.

Foi aquele tumulto. Todos se levantavam para ver o que estava acontecendo. Alguém saiu correndo para avisar irmã Jacinta, que, num instante, entraria na sala, com uma maleta branca, um aparelho de medir pressão e um auscultador. Mas minha irmã já tinha recuperado os sentidos e explicava com naturalidade ao professor que não tinha sido nada, só um bloqueio atrioventricular. Ele arregalou um olhar de espanto, então minha irmã disse que implantaria um marca-passo e o problema ficaria resolvido. Estatelada, irmã Jacinta ouviu esse fim de conversa, aproximou-se, perguntou se Márcia queria sair, tomar ar, descansar...

— Obrigada, irmã. Está tudo bem, não se preocupe.

O professor tentou retomar a aula. Em vão, ele estava nervoso, a turma alvoroçada e faltava pouco para o sinal.

♡

Quando souberam do desmaio, meus pais discutiram. Ele dizia que minha mãe expunha minha irmã a riscos; ela, que ele, por pão-durismo, não queria consultar outro especialista.

— Daniela, já ficou combinado que vamos levar a Márcia a São Paulo. Aliás, já marquei a consulta, porque, ao contrário de você, não quero retardar a cirurgia. Por mim, aproveitaríamos as férias, que começam na próxima semana, para operá-la...

— Tá legal, Márcio, você venceu. Cancele a consulta.

— Agora, não. Depois de tudo o que fiz para conseguir...

— Márcio, quem não quer agora sou eu: cancele a consulta.

— Daniela, quem quer agora sou eu: vamos consultar o especialista de São Paulo.

Com a chegada de Márcia, acabou-se a discussão. Emudeceram, feito estátuas.

— Vocês querem me levar ao médico de São Paulo? — perguntou minha irmã.

— Sempre é bom a gente checar o diagnóstico, minha filha — meu pai explicou.

— Por mim, a gente já marcaria logo a cirurgia — desabafou minha mãe.

Fiquei olhando as paredes, perguntando às cadeiras e poltronas, portas e janelas o que significava aquilo: até há pouco, meu pai queria marcar a cirurgia e minha mãe, consultar outro especialista. E enquanto pensei isso, a Márcia falou:

— Não vejo por que ir a São Paulo. O dr. Vítor explicou tão bem o que tenho e por que preciso do marca-passo...

Meus pais entreolharam-se. Minha mãe perguntou se ela vinha se sentindo mal. A Márcia respondeu que não, só as frequentes tonturas. E outra vez meus pais entreolharam-se, em silêncio, estupidificados diante da naturalidade de minha irmã.

— Bem, Márcia, já marcamos essa consulta para a semana que vem — concluiu meu pai.

15

NINGUÉM ADOECE SOZINHO

Os dias atropelavam-se. Na quarta-feira, antes de irmos para a escola, Márcia desmaiou. Pela primeira vez, esperei ansioso a sessão de análise. A dra. Cristina, que parecia saber tanto a respeito de tudo, talvez me ajudasse a entender o que se passava em minha família. Por isso, tão logo me sentei diante de sua mesa, expus toda a situação.

— E você acha estranho que justamente sua irmã se comporte com mais tranquilidade?

— Claro, afinal a doente é ela.

— Sim. Mas, se ela também se desesperasse, em que melhoraria a situação? — perguntou, olhando em meus olhos. Diante de meu silêncio, continuou: — Pode ser que essa tranquilidade seja resultado do autocontrole e da coragem de sua irmã. Há situações na vida que exigem isso e sua irmã está passando por uma delas e, pelo que me contou, enfrenta com serenidade e autoconfiança. — E seus olhos verdes brilharam no silêncio que se interpôs entre nós e já começava a ficar incômodo, quando ela retomou a palavra: — A doença de sua irmã é grave, logo, seus pais têm todo o motivo para ficarem muito preocupados.

— Certo, mas e as brigas? Por que começaram a brigar depois disso?

— Daniel, ninguém adoece sozinho, eis o problema.

— Não entendi. Como assim, ninguém adoece sozinho?

— Numa família, quando uma pessoa adoece, toda a família adoece.

Ergui os olhos para o teto, olhando para lugar nenhum, pensando que a doutora tinha lá sua razão. Desde que começou a história dos desmaios da Márcia, a vida em casa mudou para todos. Então, num estalo, concluí:

— A senhora acha que meus pais têm brigado por causa da doença da minha irmã?

— Sem dúvida, também por isso.

— Então, quando a Márcia sarar, as coisas voltam a ser como antes?

— Não, nunca mais as coisas voltam a ser como antes, porque as pessoas e as coisas mudam.

— Quer dizer que meus pais vão continuar brigando sempre?

— Não, eu quis dizer que eles, como as coisas, não vão ser mais como antes. Eles podem parar de brigar e ir cada um viver sua vida separadamente. Ou podem reencontrar o equilíbrio e continuar vivendo juntos. Na verdade, é impossível prever como isso vai terminar.

— Mas a senhora disse que não é só a Márcia que está doente, mas toda a família.

— Sim, ninguém adoece sozinho e, numa família, pela proximidade, todos adoecem quando um familiar fica doente. Se você estender para o bairro, a cidade, o país ou o mundo, o princípio continua valendo: somos um animal solidário e não um bicho solitário, vivemos em sociedade, um com o outro, e não isolados, um contra o outro; assim, se alguém adoece, toda a humanidade adoece.

— Será que, depois da operação, quando minha irmã estiver recuperada, a vida em casa voltará a ser ao menos parecida com o que era antes?

— Isso não posso afirmar. Toda doença deixa sequelas. Não sei como seus pais vão ficar depois que sua irmã for operada e estiver adaptada à nova vida.

— Nova vida! — exclamei.

— Claro, Daniel. Ela vai pôr um objeto estranho no organismo; o seu coração vai funcionar de maneira diferente. Impossível prever como as coisas vão acontecer: cada um reage de um jeito. Nós nem sabemos qual vai ser a reação do corpo de sua irmã ao marca-passo.

— Mas, se as coisas são assim, por que os médicos garantem que a cirurgia é segura, que a vida da Márcia vai melhorar depois que ela puser o marca-passo?

— Daniel, primeiro, qualquer cirurgia, mesmo a mais simples, é arriscada. No caso da Márcia, os médicos falam com base no resultado das operações realizadas, cuja esmagadora maioria é positiva e animadora. No mais, na avaliação dos médicos, o risco que sua irmã corre ficando sujeita a esses desmaios é maior que o da cirurgia.

— Ah, entendi. Só mais uma coisa. Vamos imaginar que minha irmã faça a operação, seu organismo reaja bem ao marca-passo e à nova maneira de trabalhar de seu coração, enfim, dá tudo certo: ela sara. E nós, o resto da família, também saramos?

— Pois é, Daniel, não sei nem tenho como saber: qualquer doença deixa sequelas. Quais cicatrizes vão ficar na família? No relacionamento de seus pais? No seu relacionamento com sua irmã? Impossível prever. O importante é que você e toda a sua família tenham consciência dessa realidade e todos trabalhem para que as coisas se encaminhem da melhor maneira, de forma que a família reencontre o seu equilíbrio. Aliás, é para isso que estamos conversando.

— E se as coisas não acontecerem assim?

— Pois é, vai ser preciso enfrentar essa realidade, seja ela qual for.

Pensei um pouco, olhei pela janela e vi a tarde azul e quente, escutei o zunido constante do ar-condicionado e desabafei:

— Puxa vida, doutora, viver é complicado, não?

— Pode ser, mas é muito bom viver, Daniel — concluiu, rindo e fazendo aquele sinal de que a sessão tinha chegado ao fim.

16

O MAIS ÓBVIO SEGREDO DE MINHA IRMÃ

Passei a sexta-feira mergulhado na mais estranha das sensações, a de não saber o que fazer com minha liberdade. Meus pais levaram Márcia ao médico em São Paulo. Fiquei e não fui à aula, pois já tinha fechado todas as matérias. Ia do meu quarto à sala, desta, ao meu quarto; então, à cozinha, depois, ao banheiro; em seguida, saía à sacada e ficava olhando o horizonte, os automóveis apressados pelas ruas e vinha-me a impressão de que também eles, os automóveis, não sabiam aonde iam, não tinham noção de onde as ruas os levavam. Cansava, voltava a meu quarto, pegava um livro e olhava aquele monte de letras que não me dizia nada. Ligava o som e a música nada significava. Ia até a cozinha beber um copo d'água, mesmo sem ter sede.

Uma única certeza: sem a Márcia, minha casa ficava vazia e inútil. O condomínio, vazio e inútil. O bairro, vazio e inútil. A cidade, vazia e inútil. Então, fingindo a mim mesmo que não sabia o que estava fazendo, entrei no quarto de minha irmã. Sentei à escrivaninha e comecei a fuçar em suas coisas. Sentia um calor no rosto, vergonha e receio. De repente, vi sua agenda, a enorme cara do Mickey rindo na capa.

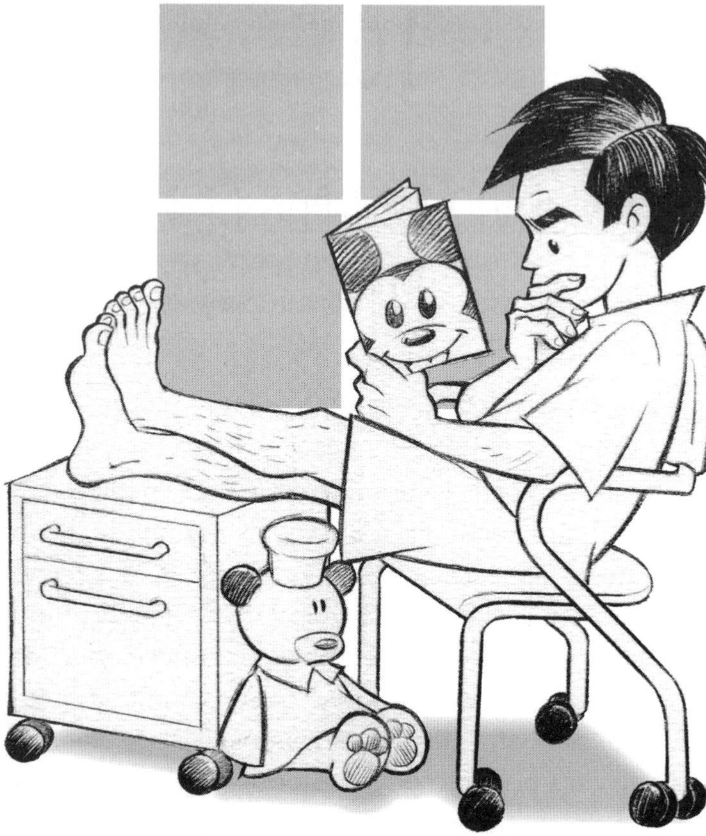

De novo fingindo que não sabia o que estava fazendo, peguei-a, fiz as folhas correrem entre meus dedos, enquanto meus olhos viam suas anotações. Fechei-a e olhei a parede, tentando compreender o que se passava comigo. Como não compreendesse, não resisti: abri a agenda e comecei a ler, fingindo desinteresse. Gozado, a Márcia anotava como se a agenda fosse um diário. Por exemplo, dia 20 de março, lá estava escrito:

Olimpíada interna. Vou fazer o possível para conseguir no mínimo duas medalhas de ouro. Ah, ah, ah.

Daí, pulava uma linha e nova anotação, com certeza feita depois do campeonato:

Fui melhor do que esperava. Quatro medalhas de ouro. Eh, eh. Porém, a melhor parte foi o Artur ter ficado o tempo todo comigo. Eu fingia que não sacava o seu interesse, ele não conseguia encontrar coragem para conversar comigo sobre o que realmente interessava, isto é, sobre a gente, sobre estarmos sempre juntos, essas coisas. Tenho a impressão de que o Artur é tímido. Aquela pose, aquela pinta, é tudo panca, o Artur é inseguro e acanhado. Só é ousado e seguro na água, porque nada como poucos. Também, não faz outra coisa, treina o dia inteiro. Eu treino muito, mas o Artur... só pensa em nadar, nadar, nadar, como se vivêssemos numa piscina. Mas eu gosto dele mesmo assim.

— Quer dizer que eu tinha razão — falei em voz alta. — Eu tinha a certeza de que rolava entre eles alguma coisa mais, que não era só amizade.

Daí me lembrei de que, depois que a Márcia tinha ficado doente, o Artur começou a desaparecer. No começo, ligava, conversava por telefone. Chegou a ir em casa algumas vezes. Depois, suas visitas, seus telefonemas foram rareando, rareando, até praticamente desaparecerem. E enquanto pensava, folheava e lia as anotações. Em quase todas, minha irmã falava de Artur. Tudo era motivo para se lembrar dele: o filme a que assistiu, o erro na competição, o cansaço no treino, a falta de sono. Raramente falava de mim, quase sempre para dizer que eu pegava muito em seu pé ou então para registrar que eu não tinha feito isso ou aquilo, apesar de ela ter dito para eu fazer.

— Gozado, até parece que manda em mim — resmunguei, meio envergonhado.

E continuei folheando, até chegar à seguinte anotação de 20 de setembro:

Hoje, depois que treinei até a exaustão, tive de novo aquela sensação gozada. Não sei, parece que perco os sentidos, que o mundo some. Mas volto a mim e tudo continua bem. Será que isso tem a ver com as tonturas que tenho sentido cada dia mais? Devo ou não contar para o pessoal em casa? Já não é a primeira vez que acontece. O problema é se eu não puder mais nadar, embora este não seja o pior de tudo. Lógico, adoro nadar, gosto de treinar e competir, mas o mais trágico é que, sem a natação, tenho a impressão de que o Artur vai se afastar de mim. Esta a verdadeira tragédia: não ter nenhum motivo para me encontrar com o Artur, para ficar ao lado do Artur, para conversar com o Artur. Tenho a impressão de que, por causa de sua timidez, sua dificuldade de se relacionar com as pessoas, reduziu o mundo a uma piscina e, fora dela, se sente perdido. Será que estou vendo coisas?

— Não, não está vendo coisas, minha irmã. O Artur é só isso, um cara que curte nadar. E mais nada — respondi em voz alta, como se a Márcia pudesse me ouvir.

Em novembro, ela só falava do campeonato municipal. Sua meta era obter duas medalhas, de preferência de ouro. E cada vez mais a natação confundia-se com seu relacionamento com Artur, a tal ponto que, na anotação do dia do campeonato, li o seguinte:

Agora não posso mais esconder esses desmaios. Justo depois da prova foi acontecer isso. E dessa vez foi demorado: ao contrário das outras, não voltei nem me liguei imediatamente ao que tinha acontecido; acordei nos braços do professor Maneco, o Artur a seu lado e demorei um bom tempo para me lembrar de tudo, para ter certeza de onde eu estava. Devo ter ficado alguns minutos desacordada, porque senti falta de ar, os pulmões doloridos e, quando eu expirava, lá vinham os jatos d'água por meu nariz. Com certeza, eu estava afogando. O que aconteceu de fato? Acho que nunca vou ficar sabendo ao certo.

Porém, desde já, posso ir me preparando para me afastar de Artur. Como sempre tenho essas coisas na água, quando estou relaxando, acho que não vou poder nadar mais. Daí, adeus Artur. Não vamos ter sobre o que conversar. Ele vai parar de vir me visitar? Não que ele não goste de mim, que minha presença o desagrade; ao contrário, tenho certeza de que o Artur gosta de mim, mas... Sei lá, é timidez? Será que é mesmo só medo de se mostrar e se impor? Não seria um pouco de orgulho? Afinal, aceitar que gostamos de alguém significa admitir que não somos autossuficientes, que sozinhos não podemos tudo. É, talvez a coisa passe por aí.

Enfim, orgulhoso ou tímido, tenho a impressão de que, a partir de agora, estamos começando a nos afastar. E essa constatação não me entristece tanto quanto pensei que fosse entristecer.

A partir de então, uma palavra tornou-se marcante em suas anotações: silêncio. Ela substituía Artur. Primeiro, falava em intervalos de silêncio. Depois, em dias de silêncio. Até chegar ao silêncio total. Sim, silêncio absoluto. E Márcia anotava com um sentimento tão forte que me entristecia.

De repente, vi que eu tinha chegado ao dia presente. Lá estava anotado:

Consulta com o cardiologista em São Paulo. Não sei por quê. E também não entendo. Primeiro, minha mãe achava indispensável ouvir outro médico e meu pai já queria resolver logo o problema. Agora, meu pai quer ouvir outro médico e ela diz que o melhor seria operar logo. E eu penso o quê? Que gostaria de pôr esse marca-passo, já que preciso. Segundo o dr. Vítor, noventa dias depois, posso voltar à piscina. Então, quem sabe chegue ao fim esse silêncio dolorido.

Duas linhas abaixo, estava anotado o seguinte:

Duas e meia da madrugada. Daqui a pouco, às cinco, minha mãe vem me chamar pra gente ir a São Paulo. As cólicas agora diminuíram, espero que parem de vez, pois o sangue já começou. Com essa eu não contava: ***monstruada****, eh, eh, eh. Acho que essa chatice não atrapalha em nada a consulta.*

Então, aquela palavra não me saía da cabeça: *monstruada*. Primeiro, nunca tinha imaginado que as meninas (ou seria só minha irmã?) se referiam assim à menstruação. Segundo, biologicamente, minha irmã tinha uma vida diversa da minha: era mulher, e isso determinava outras e importantes diferenças.

— Como só agora fui perceber! — exclamei alto, para mim mesmo.

Ia saindo do quarto, mas voltei. Peguei a agenda, pus exatamente do mesmo jeito, no lugar em que a encontrei. Observei todos os detalhes, para ter a certeza de que em canto algum ficava o mínimo indício de minha curiosa, enxerida e exorbitante presença.

Quando me assegurei de que tudo estava rigorosamente como antes, saí, fechei a porta e resolvi descer para encontrar algum colega que me ajudasse a matar o tempo até a hora do almoço.

17

ACABAR LOGO COM ESSA ANGÚSTIA TODA

Como prometeram, por volta de sete da noite, dia ainda claro por causa do horário de verão, estavam todos de volta. Da beira da piscina vi o automóvel entrando no condomínio, corri para encontrá-los à porta do elevador.

Cansado, meu pai tinha ar de poucos amigos; aflita, minha mãe não escondia a angústia; tranquila, a Márcia sorria, nem parecia que ela era a doente. De sua bolsa, pegou um chocolate:

— Quando paramos no posto, comprei pra você — falou.

Agradeci, pensando que ela nunca se esquecia de mim. E conhecia todos os meus gostos, tanto que ali estava eu com a barra de chocolate branco, exatamente o meu preferido. Dei uma mordida, minha mãe disse:

— Não falei que iríamos perder tempo e dinheiro, Márcio? Foi uma baita viagem à toa.

— Por quê? O médico não atendeu? — perguntei.

— Atendeu, mas, como era de esperar, confirmou tudo — explicou minha mãe.

— Não perdemos viagem nenhuma, Daniela, eu precisava ouvir outra opinião. Agora, estou mais tranquilo.

— Quer dizer, minha opinião não valia nada.

— Daniela, por favor! Quem primeiro falou em

consultar outro médico foi você. Bem, isso não interessa mais. Vamos descansar. Amanhã, de cabeça fresca, conversamos e decidimos.

Minha mãe concordou e abriu a porta do elevador, que acabava de chegar.

♡

Meus pais deitaram-se cedo. Vi luz no quarto de minha irmã. Bati, perguntei se podia entrar.

— Claro, Daniel.

Entrei. Ela estava sentada à escrivaninha. Fiquei com receio de que pudesse ter descoberto que andei fuçando em suas coisas, devassando os seus segredos, mas sua expressão era tranquila.

— O que o médico falou, Márcia?

— Nada de novo. Para o meu caso, a solução é o marca-passo.

— E o papai?

— Repetiu todas as perguntas que tinha feito ao dr. Vítor: quais os riscos da operação, de quanto em quanto tempo vou ter de operar, coisas assim.

— Por que de quanto em quanto tempo você vai ter de operar?

— Porque o marca-passo tem uma pilha que acaba e precisa ser trocada. Os médicos dizem que essa operação é simples, porque não mexe com os fios que vão ao coração. A colocação desses fios é que é mais complicada e perigosa.

— E de quanto em quanto tempo você vai operar?

— Mais ou menos a cada sete anos. Vai depender de quanto o marca-passo funcionar.

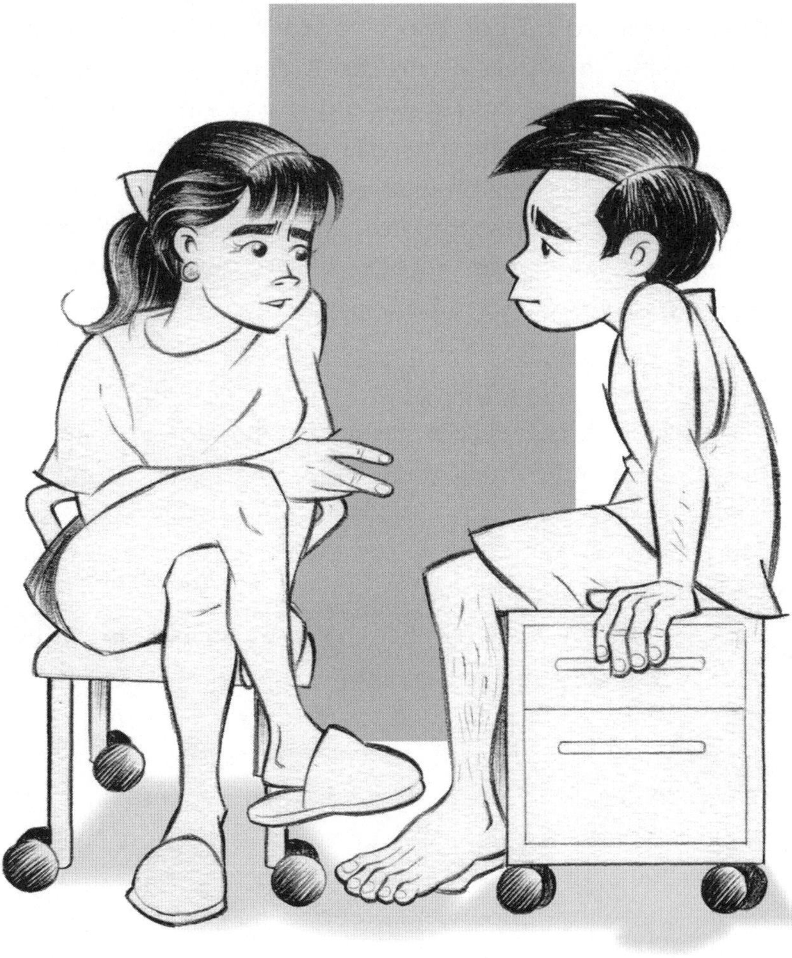

— Ih, agora não entendi, como de quanto o marca-passo funcionar?

— É o seguinte: o marca-passo acompanha o funcionamento do coração e, quando percebe que vai haver falha, estimula o coração a bater; esse estímulo é uma espécie de choque e é o que gasta mais energia, de forma que tudo vai depender da quantidade de vezes que o marca-passo estimular o coração. Por isso, é difícil prever, mas, se ele estimular o coração o tempo todo, deve durar sete anos. Agora, se o coração funcionar legal e o marca-passo trabalhar pouco, a pilha dura mais, entendeu?

— Acho que sim.

Então ficamos sem assunto, olhando um para o outro. E quanto mais eu olhava, mais me pareciam incompreensíveis a tranquilidade e a naturalidade da Márcia, como se em seu peito houvesse o melhor e mais perfeito coração do mundo.

— Márcia, você não fica nervosa, com medo de ter de operar o coração? — perguntei.

— Dã, no começo fiquei. Até perdi o sono, mas depois que o dr. Vítor falou que a operação é simples, mais simples do que essas que as meninas fazem para corrigir os seios, que nem anestesia geral vou tomar; depois que contou que tem paciente que usa marca-passo há mais de vinte anos, sei lá, depois de ouvir tudo isso, perdi o medo. Ou pelo menos não tenho o pavor que sentia antes. Aliás, não vejo a hora de fazer a cirurgia e acabar logo com essa angústia toda.

18

CIRURGIA MARCADA

O café da manhã de segunda-feira foi silencioso. Meu pai levava a torrada à boca e mordia como se comesse obrigado. Minha mãe ia do fogão à mesa, desta à geladeira, depois à pia e voltava à mesa, numa movimentação inútil, que, acho, era uma forma de não comer ou não participar daquela refeição que antes costumava ser animada e alegre. Só minha irmã saboreava com gosto a omelete, deixando um fio de queijo derretido escorrer de sua boca até o prato. Eu não tinha fome, o cheiro do café não me dava ânimo nem me espantava o resto de sono.

Mal acabamos, meu pai disse que estava na hora de irmos. À porta do elevador, minha mãe disse que seria melhor eu ficar.

— De novo vão me largar sozinho! — reclamei.

— Daniel, ambiente de consultório é angustiante, não vai te fazer bem — explicou.

— É, ficar aqui sozinho vai! — protestei.

— Daniela, deixe o menino ir — falou meu pai, abrindo a porta do elevador e dando-me passagem.

No consultório, calma e seguramente, dr. Vítor explicou o procedimento cirúrgico. Recomendou que a Márcia se levantasse pelas sete da manhã, tomasse um café reforçado e fosse internar-se. A partir daí, ela não comeria mais nada nem beberia água até a hora da cirurgia, às três da tarde.

— E a que horas o senhor acha que termina? — quis saber minha mãe.

— A cirurgia dura cerca de uma hora. A Márcia vai acompanhar tudo o que estiver sendo feito e, quando voltar ao quarto, entre cinco e cinco e meia, já vai estar de coração novo. No dia seguinte, logo depois do almoço, recebe alta.

— E quais os cuidados pós-cirúrgicos?

— Nada especial, apenas evitar fazer força com o braço direito e este movimento aqui, ó — falou, erguendo o braço. — Por excesso de zelo, peço que se tomem essas precauções por trinta dias. Depois, vida normal. Só não fica liberada para grandes esforços, como jogar basquete ou saltar em trapézio, por noventa dias. Depois, a nossa amiga Márcia pode voltar a brilhar nas quadras e picadeiros do Brasil — brincou.

— E nas piscinas, doutor? — perguntou minha irmã.

— Também, Márcia — respondeu.

— Puxa vida, doutor, é mesmo simples assim? — perguntou, incrédulo, meu pai.

— Já expliquei, seu Márcio, a eficiência da tecnologia de marca-passo está comprovada e unanimemente aceita. Para o paciente com indicação, portar marca-passo é melhorar a qualidade de vida. Não é como até algum tempo atrás, quando se implantava marca-passo para evitar que a pessoa morresse. Hoje, a finalidade é melhorar a vida do paciente. Vocês vão ver, depois da recuperação, a Márcia mesma vai nos dizer quanto sua vida melhorou com o novo coração.

19

A INTERNAÇÃO

A quarta-feira, 10 de dezembro de 1997, amanheceu quente e clara, prometendo um daqueles dias abafados de Ribeirão Preto. Acordei melado de suor, apesar de ter dormido com a janela aberta e o ventilador ligado. Corri para um banho.

Enrolado na toalha, entrava em meu quarto, quando, vestida e segurando uma sacola, a Márcia apareceu no corredor, olhou para mim e disse:

— Tchau, Dã. Nós já estamos indo.

— A internação não está marcada para as nove?

— É, mas até chegar, preencher a papelada... Já estamos indo.

— Espera que eu também vou — protestei.

— Melhor você ficar. Nem sabemos se a Santa Casa deixa você entrar. Nós telefonamos — falou minha mãe.

Mas eu queria porque queria ir. Peguei a primeira bermuda que me caiu às mãos, a camiseta mais ao alcance, vesti e, segurando o tênis, corri à sala e impedi que fechassem a porta, dizendo:

— Eu também vou, não fico em casa por nada deste mundo.

Meus pais entreolharam-se. Minha mãe falou que eu não podia ir de estômago vazio; a Márcia explicou que tinha maçãs, peras e bolachas na bolsa; meu pai ponderou que era cedo, que havia tempo para eu tomar o café da manhã. Todos voltaram. Minha mãe foi à cozinha esquentar o leite, pedindo para eu pôr uma roupa melhor e pentear os cabelos.

Enquanto comia, aproveitando a ausência da Márcia, que tinha ido falar tchau para a Lidinha, meu pai questionava a conveniência de fazer essa operação em dezembro. Ia tumultuar as festas de fim de ano, atrapalhar as férias...

— Márcio, mais importante que festas e férias é a saúde de nossa filha.

— Pois é, mas se fizéssemos em janeiro...

— O dr. Vítor vai estar em férias, teria de ser em fevereiro, quando atrapalha as aulas.

— É, sei lá — resmungou meu pai, incapaz de esconder sua insegurança.

E minha mãe disse que tinha a impressão de que ele, se pudesse, não deixaria a Márcia submeter-se à cirurgia. Meu pai concordou, falou que tinha dúvidas, que qualquer cirurgia cardíaca, para ele, parecia recurso extremo, para adiar um pouco a morte. Seus olhos encheram-se de lágrimas, ele resmungou que não acreditava que isso estivesse acontecendo com a Márcia.

— Márcio — disse minha mãe, passando o braço em seu ombro e apertando-o contra seu peito —, o dr. Vítor garante que o marca-passo vai fazer muito bem pra Márcia.

Meu pai enxugou os olhos na camisa, abraçou minha mãe e falou, num tom de revolta:

— Daniela, já que marca-passo é tão bom assim, por que ele, dr. Vítor, não se põe um?

Minha mãe respondeu que, na certa, ele não tinha bloqueio atrioventricular, se tivesse...

Terminei meu café. Pus xícara, pires e prato sujos na pia. Guardei queijo e suco na geladeira e disse que, por mim, poderíamos ir.

Antes das nove estávamos na Santa Casa. Quando meu pai entregou os papéis da internação, a moça do atendimento olhou para minha irmã com tal ar de compaixão que fiquei preocupado. Imediatamente, pensei que era muito, muito séria a cirurgia a que ela se submeteria.

Quando chegamos ao quarto, depois de meu pai ter assinado não sei quantos papéis, de a recepcionista ter falado sei lá quantas vezes ao telefone, depois de minha mãe ter andado uns bons quilômetros entre o balcão de recepção e a porta de entrada, convenci-me ainda mais da seriedade da cirurgia: atendentes, enfermeiros e médicos que entravam no quarto para medir pressão e temperatura, tomar o pulso ou apenas conversar, tratavam a Márcia com cuidados e desvelos especialíssimos; mais que isso, eram cuidados e desvelos de quem sentia compaixão por minha irmã.

Uma tristeza fininha e cortante começou a crescer em mim. Uma tristeza seca e sem lágrimas, vazia e oca, dolorida e incontrolável, que mais aumentava quanto mais eu via minha irmã cheia de vida e contente, andando de um lado a outro no quarto, saindo à porta para ver o movimento do hospital, perguntando coisas a meu pai e a minha mãe, como se, dali a poucas horas, a sua vida não fosse estar em jogo.

Não, eu não queria mais ver minha irmã. Eu não podia ficar naquele quarto, olhando aquela janela que se abria para um bairro movimentado e desconhecido, para um céu azul e indiferente, agora cheio de inúteis e inexplicáveis nuvens brancas que passeavam à toa, feito escárnio sobre nossas cabeças e nossas angústias.

Resolvi sair. Meu pai perguntou aonde eu iria.

Respondi que à rua, ver o movimento. Minha mãe sugeriu que eu fosse para casa, que almoçasse na dona Lídia e voltasse à tarde.

Fiquei indeciso, espremido por forças distintas e opostas. Queria ir, pois tinha a certeza de que, em casa, tristeza e angústia se aliviariam. Por outro lado, queria ficar, sentia necessidade de acompanhar de perto a cirurgia, mesmo sabendo da absoluta inutilidade de minha presença.

— Isso, vá pra casa. Lá, você tem os amigos... Melhor que ficar aqui. Eu fico porque não tem outro jeito — sugeriu minha irmã.

Olhei para ela e senti suas palavras como uma das muitas ordens que sempre me deu, falando como quem pede um favor. Não tive forças para retrucar. Perguntei se meu pai me levava.

— Vamos — ele respondeu, certamente com vontade de sair para respirar ar fresco e descarregar parte de sua angústia longe dos olhos de minha irmã, que, sem dúvida, já devia ter as suas em quantidade suficiente para não ser incomodada também pela angústia alheia.

20

A ESMO

Almocei na casa de dona Lídia, com a estranha e incômoda sensação de que a vida e o mundo não estavam preocupados com a aflição e a angústia de minha família, nem com a dor e o sofrimento de minha irmã. Bastava ver o

Felipe rindo e discutindo as partidas da próxima rodada do campeonato de futebol, a Lidinha falando da festa de despedida de sua classe, dona Lídia dizendo a seu Rafael para não se esquecer disso ou daquilo, que à noite precisavam ir não sei onde etc. Na televisão, os jornais falavam de políticos, de engarrafamento de trânsito, do surpreendente número de turistas esperados para o *réveillon* no Rio de Janeiro. Para o mundo, não havia cirurgias nem moléstias cardíacas, para o mundo não existiam jovens de catorze anos com deficiências cardíacas. Não, o mundo era só alegrias em estádios de futebol, *shows* de cantores e bandas, desfiles de moda, passeios.

Comi pouco, sem apetite, arrependido de ter ido almoçar. Bem, seu Rafael foi trabalhar; dona Lídia, cuidar dos afazeres do lar; Lidinha pegou o telefone, depois de discutir com Felipe, que também queria usá-lo para plugar-se à Internet.

— Você e sua irmã também brigam o dia inteiro por causa do telefone? — quis saber dona Lídia.

— Não — respondi, sem assunto.

— Aqui, é o dia inteiro essa encrenca. *Preciso usar o telefone! Agora estou na Internet!*

Então, aproveitando o silêncio, falei que ia para casa. Dona Lídia sugeriu que eu ficasse e, diante de minha recusa, disse que, se me sentisse só, para voltar, eles estariam lá toda a tarde.

— Obrigado — agradeci e saí.

Não fui para casa. Fiquei andando à toa pela área de lazer. Cada brinquedo do *playground*, cada canteiro, cada árvore, cada banco, tudo ali me lembrava a Márcia e a nossa vida. Olhei a piscina e vi nitidamente aquele imenso tapume vermelho que separava aquela área em construção do resto do condomínio, naquele dia em que o caixão não balançou.

Fez-se um nó em minha garganta. Passei as costas da mão nos olhos para evitar as lágrimas e resolvi sair. Mas para onde? Não importava, eu precisava sair.

Quando pedi para o segurança abrir o portão, pus a mão no bolso, para conferir se tinha dinheiro. Comecei a andar, sem rumo. Um, dois, três quarteirões, cheguei à avenida e tomei a direita. Parei num ponto de ônibus e, sem pensar, perguntei a uma senhora:

— Por favor, como faço para ir à Santa Casa?

Ela pensou um pouco, o suficiente para eu olhar o relógio e ver que faltava pouco mais de uma hora para a cirurgia de Márcia: era uma e quarenta.

— Você precisa ir ao centro, lá tem várias linhas que passam em frente à Santa Casa.

— E qual ônibus me deixa no centro?

— Qualquer um que passar por aqui.

— Obrigado — respondi, esticando o braço para o que vinha chegando.

Embarquei, sentei-me e senti meu coração dando trombada em meu peito, com indefinida pressa para que eu chegasse não sei onde. As árvores, os automóveis, as pessoas, tudo na rua parecia um obstáculo entre meu corpo e o lugar a que eu tinha de chegar.

No centro, desci e perguntei à primeira pessoa com que me deparei qual ônibus me levava à Santa Casa. Ela explicou que eu devia ir a outro terminal, onde quase todas as linhas serviriam, e que eu poderia ter mais informações lá.

A cidade parecia cheia, eu andava e esbarrava nas pessoas. Dei uma topada numa moça de óculos que se virou para mim, ameaçadora, com a bolsa erguida na mão:

— Olha por onde anda, moleque.

— Desculpe, é que preciso chegar logo no hospital, minha irmã está muito doente.

— Pelo menos preste atenção nas pessoas no seu caminho — advertiu, abaixando a bolsa, desistindo de castigar-me com ela.

No terminal, precisei esperar intermináveis minutos, que me pareceram horas. O ônibus estava abarrotado. Eu não sabia em qual ponto deveria saltar. Perguntei a um menino, que me prometeu dar um alô.

O ônibus pôs-se em movimento, ergui o braço para equilibrar-me. E meu coração pôs-se a pular, escoicear, ansioso por arrebentar aquela lata de sardinhas sacolejante que trafegava pelas ruas quentes de Ribeirão Preto.

Estava com vontade de descer em qualquer lugar, quando o menino puxou a manga de minha camisa e disse para eu saltar no próximo ponto. Apertei o sinal e comecei a caminhar, espremido pelas pessoas que se acotovelavam. Senti forte cheiro de suor e, de meu estômago, subiu uma vontade enorme de vomitar. Se o ônibus não tivesse parado logo em seguida, acho que não teria conseguido conter a ânsia. Porém, mal pus os pés na calçada, respirei fundo o ar quente, pesado e cheirando a monóxido de carbono, vi a Santa Casa a meu lado, e meu estômago sossegou. Olhei o relógio: duas e cinquenta.

— Que bom, ainda vou ver a Márcia viva — falei em voz alta a mim mesmo.

Atravessei a sala da recepção, mas, na porta que dava acesso ao elevador, uma moça de branco e bem-educada quis saber aonde eu ia. Dei o número do quarto. Ela respondeu que não era horário de visita, que para entrar eu precisava ter um crachá, uma autorização ou um sei lá o quê.

— Mas eu preciso ver minha irmã viva, antes da operação — protestei.

— E do que sua irmã vai operar?

— Do coração — respondi.

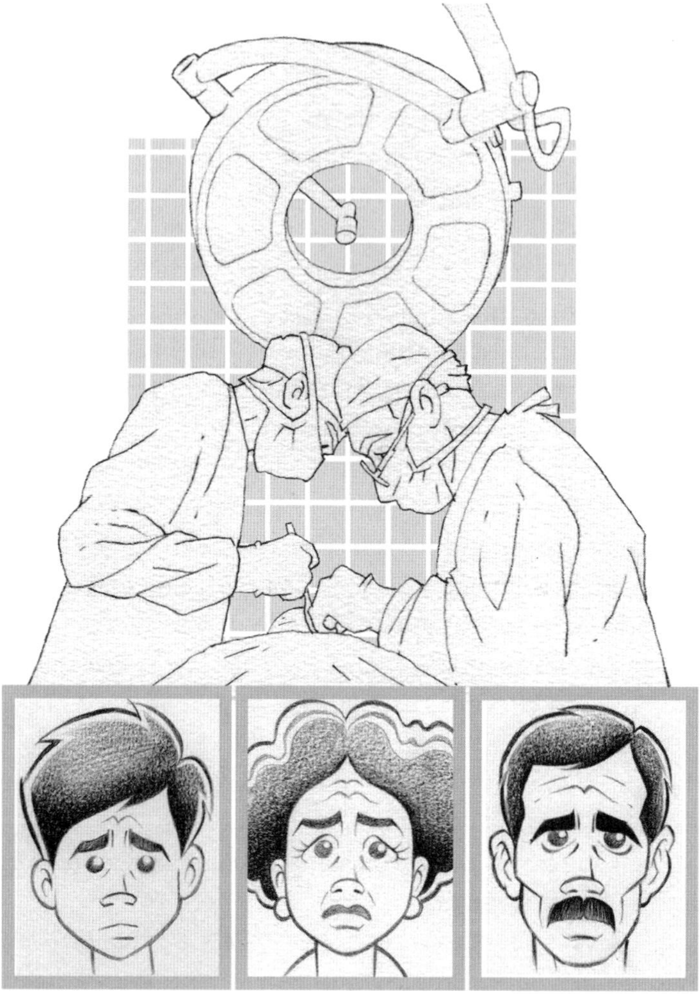

Então, a moça pegou minha mão, levou-me à portaria, onde expliquei tudo de novo e a recepcionista começou a telefonar sem parar, falando um monte de coisas que eu não entendia. De repente, ela pronunciou dr. Vítor.

— É ele mesmo que vai operar minha irmã. Deixa eu falar com ele — interrompi.

A moça riu, balançou a cabeça e, dali a pouco, apareceu meu pai. Corri para ele, abracei-o e disse que eu queria ver a Márcia viva, antes de começar a cirurgia. E comecei a chorar.

— Mas ela já foi para a cirurgia, Daniel. Agora, só depois da operação.

— Pai, minha irmã não vai morrer, vai?

— Claro que não, Daniel! Vamos tomar um refrigerante, depois subimos.

— Não, quero subir agora.

Meu pai concordou. Explicou qualquer coisa à recepcionista, que me entregou um crachá e pediu para prendê-lo à camisa. Fomos tomar o elevador.

21

CUCARACHA

Meu pai, minha mãe e eu andamos sem parar de uma ponta à outra daquele corredor longo, silencioso e ecoante, durante mais de uma hora. Faltando quinze minutos para as cinco, o dr. Vítor, ainda com traje de cirurgia, a máscara amarrada ao pescoço, apareceu com um sorriso confiante.

— Foi tudo bem, doutor? — correu a perguntar minha mãe.

— Melhor, impossível. O marca-passo ficou bem colocado. A Márcia ajudou bastante, foi mais corajosa que muitos adultos. Um amor de menina, vocês estão de parabéns.

— Quando ela vai para o quarto? — quis saber meu pai.

— Deve estar a caminho.

— Que cuidados devemos ter, doutor? — perguntou minha mãe.

— Não se preocupem, a Márcia está sabendo, as enfermeiras estão acostumadas. Amanhã, depois do almoço, conversaremos sobre a alta.

— Bem, então, doutor, com licença, nós vamos recebê-la — falou minha mãe.

— Eu acompanho vocês — disse o médico.

Mal chegamos, ouvimos o chiado de rodas de maca: era minha irmã, vestida com uma roupa azul semelhante à do médico, um litro de soro ligado à sua veia. Corri a seu encontro. Ela ria, os olhos pretos abertos. Pus a mão em sua cabeça, porém minha vontade era abraçá-la, beijá-la, mas me contive. E passando a mão em seu cabelo, perguntei como tinha sido.

— Legal, a *cucaracha* está aqui, ó, trabalhando — respondeu.

— O que é que está aí? — perguntei.

— A *cucaracha*, o marca-passo — respondeu, rindo.

— Por que *cucaracha*? — eu quis saber.

Explicou que, depois da operação, os médicos ligaram um aparelho para programar o marca-passo e um deles disse que era uma *cucaracha*. Então minha mãe perguntou por que *cucaracha*? Dr. Vítor explicou que os marca-passos são programáveis e permitem que se escolha uma dentre sete línguas. Como o aparelho é americano, quando se destina ao Brasil, o espanhol é a língua selecionada.

— Por que não o português?

— Primeiro, o português não é uma das línguas disponíveis. Segundo, ainda que fosse, os americanos pensam que do México para baixo só se fala espanhol e todo o mundo é *cucaracha*, como apelidam os mexicanos.

— O fato de estar programado em espanhol não altera o funcionamento? — quis saber meu pai.

— Não, funciona até melhor, porque entende o compasso latino do coração da Márcia — brincou dr. Vítor.

— Estão compreendendo por que já estou gostando de minha *cucaracha*?

Então, as enfermeiras passaram-na para a cama. Márcia fazia uma careta a cada movimento e, num deles, vi o curativo abaixo do ombro direito. Imenso.

— Dói muito, minha filha? — perguntou minha mãe.

— Sei lá, sinto o local repuxado, parece que descolaram uma parte de meu corpo e colaram de novo. E esta veia aqui — disse, apontando uma do pescoço —, parece que está costurada.

— E está. Por ela passam os condutores que levam os eletrodos ao coração — explicou dr. Vítor.

— Doeu muito? — perguntei.

— Nem sei. A posição que fiquei, a cabeça esticada para a esquerda, o dr. Vítor segurando com o corpo meu braço contra a mesa, a imobilidade, tudo isso foi cansativo. Nem sei se incomoda mais a dor ou o cansaço.

— Agora já acabou tudo, não é mesmo? — disse meu pai.

— Felizmente. E a Márcia vai descansar — arrematou minha mãe.

Porém, mal dr. Vítor e as enfermeiras saíram, minha irmã disse que queria sentar, não aguentava mais ficar deitada. Meus pais entreolharam-se, interrogativos. Podia ou não? Apertaram a campainha, num instante uma enfermeira atendeu.

— Ela diz que quer se sentar, mas não sabemos se pode — explicou minha mãe.

— Ah, pode sim. É só não erguer o braço. Vou ajudar — disse, aproximando-se de minha irmã, colocando a mão em suas costas. — Agora não erga o braço direito.

Num instante, a Márcia estava sentada na cama. Dali a pouco, pediu para descer e, caminhando com as próprias pernas, com minha mãe a seu lado, foi ao banheiro.

Ela entrou e fechou a porta. Senti aquele aperto no peito, levantei e disse a meu pai que ia descer um pouco. Ele falou que iria comigo. Respondi que não precisava, que eu não ia sair do hospital, só queria ver um pouco de gente, menti.

— Então está bom. Mas não vá para a rua, você não conhece este bairro.

— Fique sossegado — respondi, saindo depressa. Eu não queria que nem ele nem minha mãe me vissem chorando de alegria. Felizmente, lá estava minha irmã, viva e com a sua *cucaracha* no peito.

22

SONHOS ESTRANHOS, CONVERSA ELUCIDATIVA

Às nove horas, terminava o horário de visitas. Meu pai queria por toda lei passar a noite com minha irmã. Minha mãe argumentava que ele tinha o sono pesado, era desastrado e roncava, que a Márcia precisava de sossego, tranquilidade e repouso.

— Daniela, quero ficar com minha filha.

— Márcio, você precisa entender...

— Daniela, vou ficar aqui, você dorme em casa com o Daniel.

Minha mãe pensou um pouco e pediu a meu pai para irem ao corredor. Ele quis saber por que, ela fez um sinal com a mão. Saíram, mas pude ouvir:

— Márcio, a menina está debilitada, traumatizada e nós ainda ficamos discutindo por bobagem em sua frente. Vamos poupá-la disso.

— Você tem razão. Já discutimos e nos desentendemos muito por conta dessa cirurgia.

— Então, Márcio, facilite as coisas: eu passo a noite aqui e...

— Mas... — ele interrompeu.

— Márcio, me escute — pediu minha mãe. — Melhor eu passar a noite com ela, sou mulher, temos mais intimidade. Se for preciso mexer no curativo, a menina precisa expor o seio. Ela vai se sentir mais à vontade comigo. Não que tenha vergonha do pai...

— Daniela, nem precisa continuar, você tem razão. Sabe, essa história me transtornou muito. O Daniel e eu já estamos indo — concluiu e voltou ao quarto, para despedir-se de minha irmã e convidar-me para irmos embora.

♡

Não sei a que horas da madrugada acordei com aquela ideia maluca. O ventilador com aquele barulho constante soprava minhas costas. Pela janela, as estrelas nítidas no céu. Silêncio absoluto. Nem ronco de veículos. E se eu tivesse de pôr um marca-passo também?

E o tempo não andava, a noite não passava, o sol não chegava para espantar aquela pergunta que martelava minha cabeça. Eu cochilava, sonhava com um consultório médico e acordava. Fechava os olhos e cochilava mais um pouco; desta vez, uma enfermeira ligava um fio de um computador em meu peito e perguntava se eu sentia o choque no coração. Eu não tinha tempo de responder, pois acordava e as estrelas no céu gritavam que era noite. Isso se repetiu, se repetiu, até que dormi. Tenho a impressão de que muito tempo se passou até que sonhei com um médico louco, com um enorme bigode branco cujas pontinhas finas voltavam-se para cima, avental e touca azuis, idênticos aos usados pelo dr. Vítor na cirurgia de minha irmã. Rindo barulhentamente, pegou uma barata e disse:

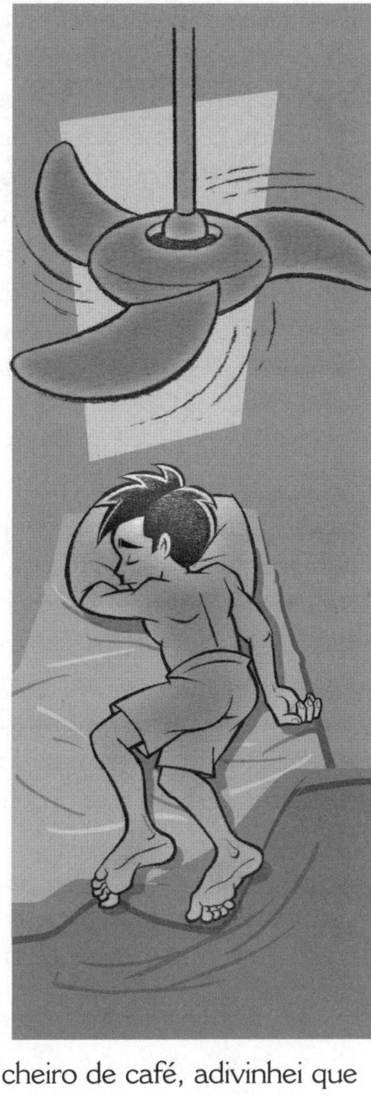

— Pronto, Daniel, vamos implantar a sua *cucaracha*.

No instante em que começou a caminhar — eu estava numa mesa de cirurgia, ele segurava um bisturi numa das mãos e a barata na outra —, acordei assustado, sentindo uma pontada no lado esquerdo do peito. O sol alegrou-me: estava afastada a noite e seu espanto.

Saltei da cama, com a certeza de que aquela pontada no peito era o indício de que meu coração também não estava funcionando bem. Com certeza, logo eu teria tonturas e desmaios.

Corri ao banheiro e, pelo cheiro de café, adivinhei que meu pai já estava na cozinha. Lavei o rosto, enxaguei a boca, molhei os cabelos. Estava me enxugando, quando meu pai abriu a porta para dizer que a mesa estava posta.

— Não sei se o café está tão bom quanto o de sua mãe, mas fiz o melhor que pude.

Sentei-me, peguei suco de laranja e, com ar de quem não está preocupado, perguntei se era verdade que, no caso de gêmeos, um irmão sente tudo o que o outro sente, tem tudo o que o outro tem. Meu pai pensou, olhou para mim com ar de que tinha compreendido tudo e respondeu:

— Daniel, essa história tem fundamento quando são pequenos: um suja a fralda, o outro também; um tem fome, o outro também; um fica doente, o outro quase sempre fica, pois vivem na mesma casa, têm os mesmos horários, compartilham o mesmo quarto... Quanto a sentir, um gêmeo percebe o que o outro está sentindo. São muito próximos, um conhece o outro até pelo avesso, logo, um sabe quando o outro está triste, alegre ou chateado. No mais, fique tranquilo, Daniel! Você não vai ter nada no coração porque sua irmã teve; esse é um problema só dela.

— E por que a Márcia teve esse problema?

— Nem os médicos sabem. Talvez em decorrência de deterioração das células nervosas que estimulam o coração. Por que se deterioram? Não se sabe. Talvez ela tenha nascido assim e o mau funcionamento apareceu agora. Sabe-se que tem esse problema e não se conhece o motivo.

— Ah.

— Quanto a você, fique tranquilo, não corre o risco de precisar pôr uma *cucaracha* só porque sua irmã pôs uma. Agora, depressa com o café.

23

RECOMENDAÇÕES FINAIS

Às duas horas da tarde, dr. Vítor chegou. Examinou minha irmã, deu uma olhada no curativo e disse que estava tudo ótimo, que o marca-passo nem apareceria e que o estado geral indicava excelente recuperação. Fez as últimas recomendações, receitou um antibiótico e um remédio para ser tomado em caso de dor no local da incisão e deu alta.

— Doutor, quais outros cuidados a Márcia deve tomar? O que pode e não pode fazer como portadora de marca-passo? — perguntou minha mãe.

— Ela já está sabendo.

— Doutor, celular, controle remoto, micro-ondas, rede de alta tensão...

— Dona Daniela — interrompeu o médico —, a Márcia já sabe: precisa evitar ressonância eletromagnética, logo, não pode fazer exames que se utilizam dessa técnica; não deve passar por detectores de metais em aeroportos, bancos etc. Em viagem, ao entrar em banco, consultar médico ou dentista, ela se identifica como portadora de marca-passo, já lhe entreguei a carteirinha.

— Esse é o único cuidado, doutor?

— Sim. Como expliquei, hoje, os portadores de marca-passo levam uma vida normal. A Márcia vai incorporar o equipamento a seu organismo, integrar-se ao tratamento e ninguém vai saber que ela porta marca-passo. Mas uma coisa é essencial: manutenção. No máximo em quarenta dias, faremos a primeira avaliação; noventa dias depois, a segunda; a partir daí a cada seis meses.

— Doutor, em que consiste essa avaliação? — quis saber meu pai.

— Pela leitura dos dados registrados pelo marca-passo, avaliamos o funcionamento. Se necessário, ajustamos o programa. É um procedimento simples, feito por telemetria: pomos sobre o marca-passo um equipamento capaz de emitir e receber sinais significativos.

Primeiro, lemos as informações registradas, verificamos a situação do gerador de energia etc. Depois, se preciso, reajustamos o programa.

— Que coisa maravilhosa, hein, doutor! — exclamou meu pai.

— Sem dúvida. O marca-passo foi uma das mais eficientes conquistas da medicina: detecta-se um problema às vezes fatal, implanta-se um marca-passo e o paciente volta a viver normalmente e, na maioria dos casos, morre por outros motivos — concluiu, arrumando suas coisas na maleta. — Então, boa tarde a todos. E você, Márcia, vai ser muito feliz com o seu coração novo.

— Sei disso, doutor, minha *cucaracha* é o máximo — brincou minha irmã.

24

O UMBIGO DO MUNDO

Em casa, fiquei com a impressão de que a família, a cidade, o país, o mundo, o universo giravam em torno de Márcia, como se ela fosse um ser especial e diferente de todos, tão frágil e franzino, que não resistiria ao menor contratempo. Meu pai mal chegava ao escritório, telefonava, para saber como estava sua filhinha. Minha mãe acordava e dormia preocupada com o que poderia fazer para facilitar a vida e ajudar a recuperação de minha irmã. Ah, e as visitas! Todas suas amigas e amigos, o dia inteiro alguém batendo à porta.

Não sei explicar como as coisas aconteceram, mas comecei a ter ciúme. Um sentimento estranho, confuso. Não me conformava com o fato de ela ser o centro das atenções e não queria que houvesse tanta gente a seu lado. Para mim, essas pessoas roubavam atenções, carinhos e desvelos que eram só meus, de ninguém mais.

Isso ficou claro no dia em que o professor Maneco foi visitá-la. Senti ciúme porque ele conversou com a Márcia um tempão, cofiando o bigode e coçando a cabeça. Falaram de natação, treinos e campeonatos. Ao despedir-se, disse que saía satisfeito, por encontrá-la bem, e chateado, porque a equipe do colégio perdia sua melhor nadadora.

— Quem disse isso, professor? — perguntou minha irmã.

— Ninguém, Márcia, dedução minha. Dificilmente você volta a ser a mesma atleta de antes.

— A mesma de antes, professor? A mesma atleta que só treinava porque era teimosa e persistente; a mesma atleta que para treinar tinha de deixar de lado o cansaço causado por um coração que não funcionava bem; a mesma atleta que escondia as tonturas e os desmaios que sentia de medo de ser proibida de nadar? Vê lá, professor. Quando eu voltar, vou ser uma atleta muito, muito melhor, porque só vou precisar dominar meu corpo e não superar a deficiência cardíaca agora corrigida.

O professor Maneco olhou para o céu, coçou o bigode, olhou para mim, para a parede, incapaz de esconder o mal-estar. Então, falou:

— Deus queira que você tenha razão. Deus queira que volte a nadar. Se voltar a nadar como antes, já teremos recuperado uma atleta excelente.

— Mas o senhor vai ver a melhora, professor.

— Tomara. Estou indo, Márcia. Felicidades — concluiu, beijando o rosto de minha irmã.

Então, enquanto ela acompanhava o professor até a porta, pensei numa questão de que eu não tinha dado conta ainda: antes da operação, a vida de Márcia girava em torno de uma piscina. E agora? Voltaria a nadar? Com o vigor e a garra de antes? E se não voltasse? Se sua operação deixasse uma limitação séria? Como minha irmã enfrentaria a nova realidade?

Olhei as nuvens que prometiam uma daquelas chuvas rápidas e fortes de verão e, à distância, enxerguei aqueles dias de glória de minha irmã. Piscinas, pódios, medalhas, Artur a seu lado! Sim, e o Artur? Cadê o Artur? Nem antes nem depois da operação tinha aparecido. Estaria jogando minha irmã para escanteio? Ri intimamente, constatando que eu era um sujeito contraditório: quando o Artur não saía de casa, eu tinha raiva dele, pois acreditava que se apropriava indevidamente do convívio com minha irmã; agora, ele não vinha e eu sentia raiva porque ignorava minha irmã. Ah, fosse eu entender meus contraditórios sentimentos!

A Márcia voltou, sentou-se e retomou a leitura interrompida pela visita. Levantei-me e fui a meu quarto. Sentei-me à escrivaninha e fiquei olhando letras inúteis, pensando e repensando naquilo tudo. Não sei quanto tempo fiquei assim, imerso em lembranças e espantos. Fui acordado por minha mãe, que queria saber onde estava a Márcia.

— Lendo na sala, uai.

— Não, não está.

— No quarto dela ou no banheiro, então.

— Também não está.

— Então não sei.

— Só me faltava essa, a Márcia saiu. Deve estar lá embaixo. Corre chamá-la, Daniel. Diga que quero que suba imediatamente. Ela não pode fazer extravagâncias.

Desci correndo. Minha irmã estava sentava à beira da piscina, com a Lidinha, o Felipe, a Marili e outros amigos. Dei o recado de minha mãe. Ela olhou bem nos meus olhos e respondeu:

— Diga pra mamãe que não vou subir. Estou bem aqui. E pra ela parar de me tratar como se eu fosse uma doente.

— Márcia...

— É isso daí, diga exatamente isso pra ela.

Minha mãe ficou possessa. Então a Márcia pensava que a vida seria como antes? Que ela era uma pessoa que tinha a mesma saúde das demais? Ah, não, ela precisava conversar, explicar, fazê-la compreender... E ajeitou os cabelos, as roupas e desceu. Fiquei na sala, olhando as nuvens, cada vez mais carregadas. Não demoraria para chover. E fiquei pensando nisso, em como seria a vida de minha irmã dali pra frente.

Logo a seguir, elas chegaram. Mal entraram, a Márcia disse que tinha subido para não discutir na frente de todo o mundo, mas que, se minha mãe estava pensando que ela, Márcia, não tinha responsabilidade e não sabia o que podia e o que não podia fazer, estava muito enganada. Ninguém mais que ela tinha interesse em recuperar-se de maneira a não deixar sequelas; por isso, seguia à risca as recomendações do dr. Vítor. De resto, já era hora de pararem de tratá-la como doente: ela, Márcia, não era doente, apenas tinha uma deficiência no funcionamento de seu coração. Como essa deficiência acabava de ser corrigida, agora tinha mais saúde que antes e, por isso, levaria a vida que todas as moças de sua idade levam: estudaria, sairia com as amigas, praticaria esportes, namoraria, dançaria, faria um curso superior, exerceria uma profissão — como todas as mulheres do mundo.

— Então, mamãe, agora que deixei tudo claro, a senhora desculpe, mas vou sair. Quero tomar um pouco de ar, conversar com meus amigos. Quando me cansar, subo — concluiu.

E saiu. Fiquei olhando as nuvens carregadas; iam e vinham ao sabor do vento daquela tarde. Ouvi minha mãe resmungar que não sabia o que seria da vida da sua filha, se ela não mudasse o gênio forte. E as primeiras gotas, grossas e pesadas, começaram a cair, erguendo do asfalto negro uma esbranquiçada nuvem de mormaço. "Chuva, mormaço, nuvens: tudo é água", pensei. E revi Márcia, há pouco, explicando a minha mãe que levaria a mesma vida de todas as moças de sua idade. Foi uma maneira de dizer que, com ou sem marca-passo, ela era a mesma de antes, que a vida seria retomada do mesmo jeito. Sim, tudo água. A que subia em forma de mormaço esbranquiçado, a que descia em forma de chuva. Tudo água.

E lembrei que há pouco tive ciúme e dor de cotovelo da Márcia, porque as atenções estavam centradas nela. Ah, não devia ser fácil ser a mesma pessoa de forma diferente, ou seja, ser, depois da colocação do marca-passo, a mesma Márcia de antes. Não, as pessoas não eram como água que se evapora e liquefaz praticamente sem modificações. Que se solidifica e se liquefaz permanecendo igualmente pura e cristalina. Sim, essas mudanças tinham marcado fundo minha irmã, tinham deixado uma cicatriz em sua alma. Mais que em seu corpo, a *cucaracha* estava implantada em seu espírito.

E levantei-me, para ir à sacada, tomar um pouco de chuva. Pois é, senti essa estranha necessidade de deixar-me banhar pela água que assume vários estados permanecendo a mesma e igualmente lavando os nossos corpos. No entanto, nossas almas não tomavam banho, nossas consciências não se ensaboavam, ninguém enxugava os sentimentos.

E olhei para o chão e, nesse movimento, meus olhos encontraram, bem no meio de minha barriga, o meu umbigo. Sim, era isso que eu fazia quando sentia dor de cotovelo da Márcia, coitada, que estava passando por tão profundas mudanças. Era isso, eu não conseguia ver mais nada além de meu umbigo. Esparramei o olhar pela cidade que se perdia no horizonte até desaparecer em verdes campos cultivados e encontrar o céu que retirava e devolvia água, sempre a mesma água, como se o universo fosse também um sujeito enorme e maluco que não parava de olhar o próprio umbigo.

— É, o egoísmo é isso: o cara pensar que é o mundo todo e ficar olhando para o seu próprio umbigo — disse a mim mesmo.

Como achei legal a ideia, corri ao meu quarto, para anotá-la.

25

PAUSA PARA TOMAR FÔLEGO

Bom, agora preciso parar para tomar fôlego, senão as ideias ficam embaralhadas, confusas e eu não chego ao fim da história. Todas essas coisas se passaram logo depois da operação da Márcia, não sei exatamente quando. Dezembro, festas de fim de ano misturam-se a essas lembranças. Pela primeira vez, não fomos passar o Natal no sítio de minha avó materna, em Porto Ferreira, nem participamos da ceia de Ano-Novo na casa de meu avô paterno, em Santa Rita do Passa Quatro. Ficamos em Ribeirão. Meus avós e meus tios vieram nos visitar. Nos dias festivos? Não, esses passamos sozinhos. Quando o professor Maneco fez sua visita a Márcia? Não me lembro sequer se foi antes ou depois das festas, mas foi antes de 16 de janeiro de 1998, porque nessa sexta-feira, pela manhã, minha irmã foi ao consultório do dr. Vítor para avaliação da *cucaracha*. Fiz questão de ir junto.

— Está ótimo, melhor que o esperado — avaliou o médico. — Agora, já posso liberar a Márcia para atividades que não envolvam grandes movimentos com os braços. Por enquanto, nada de jogar basquete ou saltar no trapézio. As quadras e os picadeiros devem ficar esquecidos, por enquanto.

— E nadar, doutor, posso?

— Se for sem grandes movimentos nem grandes esforços... Entrar na água para se refrescar, brincar, tudo bem. Mas nada de competir ou treinar, certo?

— E se for só com as pernas?

O médico pensou e respondeu que seria melhor evitar, porque nosso corpo é um todo; se a gente força as pernas, sem perceber força também os braços. Pediu para marcar consulta para o dia 17 de abril e despediu-se.

Em casa, minha mãe disse a meu pai que não via nada que desaconselhasse passarmos pelo menos uma semana na praia. Ele, ao contrário, via algo bastante desaconselhável.

— Márcio, a Márcia sabe o que pode e o que não pode fazer.

— Daniela, estou pensando na questão financeira. Vamos deixar esse passeio para as férias do ano que vem. Estas, descansamos por aqui mesmo, certo?

— Claro, Márcio. Não se toca mais no assunto.

Em minha lembrança é como se a segunda-feira, dois de fevereiro, em que retornamos às aulas, fosse o dia seguinte à consulta; mas não era, entre a consulta e aquela manhã em que meu pai estacionou em frente ao Nova Dimensão e minha irmã e eu descemos, inseguros quanto ao ambiente do colegial, onde começaria uma nova fase de nossas vidas, mais de dez dias tinham se passado.

— Dã, estou preocupada com uma coisa — a Márcia falou, enquanto procurávamos nossos nomes para ver qual a nossa classe. — Este ano, mudo de categoria na natação e tenho de ficar sem treinar até 17 de abril, logo, não vou participar das olimpíadas internas. Será que, depois, dou conta de recuperar todo esse tempo perdido?

Olhei para lugar nenhum e não respondi, apenas perguntei a mim mesmo qual a importância disso. E se ela não recuperasse? Afinal, sua saúde estava recuperada, não estava? Isso é que devia interessar.

26

MINHA VALENTE QUASE METADE!

Eu não tinha noção da importância de minha irmã para a equipe da escola. Quando o professor Maneco soube que ela voltaria a treinar em abril, alterou a época das olimpíadas, normalmente realizadas nesse mês. Naquele ano de 1998, foram transferidas para agosto, só por causa da Márcia.

Como o programado, na sexta-feira, 17 de abril, ela foi à consulta de avaliação. Como eu já tinha matado a curiosidade de saber como o médico controlava a *cucaracha*, não a acompanhei. Voltaram antes do almoço. Minha mãe lhe falava um monte, porque a Márcia tinha dito ao médico que desconfiava que o marca-passo não estava funcionando bem, pois, desde o ajuste de janeiro, ela não percebia mais quando ele estimulava seu coração. O médico explicou que era assim mesmo, estava tudo certo.

— Então, doutor, quer dizer que posso voltar a nadar?

— Pode. Mas cuidado com a violência dos movimentos do braço. Vá devagar.

— Doutor, basquete e trapézio ainda não?

— Pode, sim, brilhar nas quadras e nos picadeiros, mas só se me fizer um favor: um dos prêmios que receber pelos saltos mortais, dedique a mim. Vai ser um belo troféu profissional.

— Ô, doutor, a próxima medalha de ouro é sua — concluiu minha irmã.

E tão logo saíram do consultório minha mãe começou a dar a bronca em Márcia.

— Então você achava que tinha problema e não falou nada? Não está certo, seu pai e eu precisamos ficar sabendo dessas coisas!

— Mas o que vocês poderiam fazer, mamãe?

— Conversar com dr. Vítor.

— Mamãe, se eu me sentisse mal, falaria. Mas não me senti, só imaginava que podia ter algo errado, mas não sentia tonturas nem ameaças de desmaio. Preocupar vocês por quê?

— Minha filha...

— Por favor, mãe. A *cucaracha* e o coração são meus, a vida é minha, a saúde também. Se eu sentir qualquer coisa errada, imediatamente peço para conversarmos com o dr. Vítor.

— Márcia, mas nós, sua mãe e eu, precisamos saber...

— Papai — interrompeu minha irmã —, esse relacionamento com meu coração e a *cucaracha* é meu e só meu. Sei que vocês se preocupam, vão me dar o apoio que eu precisar etc. Mas, por favor, não me tratem como doente, quero e vou levar uma vida normal.

Meus pais entreolharam-se; eu disse a mim mesmo que minha irmã era valente e segura de si. E senti aquele antigo orgulho de cada um de nós ser quase uma metade do outro. Sim, orgulho da irmã mais nova, que nasceu no mesmo dia e hora que eu. Então, olhei para a janela, vi a tarde azul e falei baixinho:

— A Márcia vai ser campeã de novo.

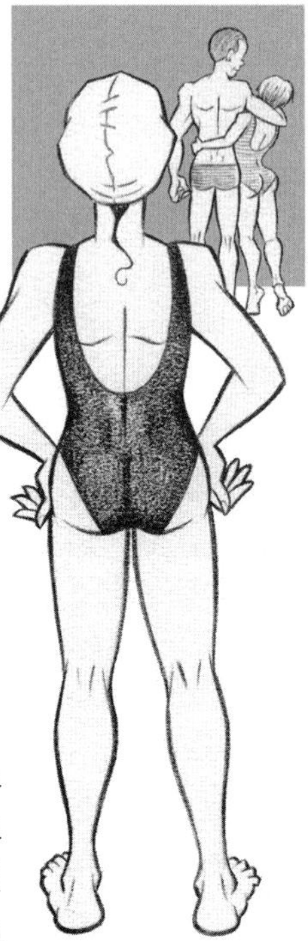

27

O SAL DA DECEPÇÃO

E agora, lá estava de novo a Márcia na piscina do condomínio, na piscina da escola. No frio, lá foi meu pai contratar a piscina aquecida. Porém, em agosto, a melhor posição de minha irmã foi a medalha de prata em nado livre. No revezamento, sua equipe ficou em terceiro lugar. Nado costas e clássico, a Márcia foi a quarta. Borboleta, quinta.

Não sei se a decepção maior foi minha ou dela. Inexplicavelmente, uma pessoa ficou feliz: o Artur, que agora desfilava com a Miriam, uma loirinha magricela e pequena, a grande revelação da temporada. Diziam que, levada pelas mãos do professor Maneco, sua matrícula no Nova Dimensão foi um negócio: ganhou uma bolsa para ser nadadora da escola.

Diante do comportamento de Artur, fiquei por conta. Minha irmã estava irremediavelmente machucada pelo seu desprezo e, coitada, não merecia isso. Fui tomado de uma fúria sagrada contra ele e sua amiga. Mas, por outro lado, perguntava a meus botões por que ela dava tanta importância à natação, às competições, às medalhas. Ah, eu ainda ficaria sabendo!

De saída para casa, encontramos o professor Maneco, que, com a expressão decepcionada, cumprimentou Márcia pelo desempenho.

— Fui muito mal, professor. Faltou treino. Se eu estiver na equipe da escola, no campeonato da cidade meu desempenho vai ser melhor. Até lá, vou ter mais três meses de treino.

— Com certeza — respondeu, incrédulo.

Entramos no automóvel e minha irmã passou as mãos nos olhos. Sim, tentava disfarçar o choro, mas seu corpo não escondia que a sua alma estava molhada de lágrimas, pesada do sal da decepção.

28

SOBRE CHOQUES

A tristeza de minha irmã durou até a manhã seguinte. Ela se levantou antes das seis e foi treinar. Quando voltou para o café, minha mãe perguntou se tinha caído da cama. A Márcia explicou que, a partir daquele dia, treinaria cedo e à tarde para recuperar a forma e o desempenho anteriores.

— Márcia, isso é exagero — ponderou meu pai.

— Não sei, mas vou provar que a escola não precisa contratar nenhuma "Formiguinha Elétrica" para reforçar a equipe de natação: eu ainda dou conta do recado.

— Formiguinha Elétrica! — exclamei.

— É, aquela magricela, a Miriam. Você sabe que ganhou bolsa só para fazer parte da equipe, não sabe?

— Hoje em dia isso é assim, Márcia — explicou meu pai.

— Assim? Por que não me deram bolsa?

— Márcia, você tem de admitir que seu desempenho...

— Papai, não tenho de admitir nada — interrompeu minha irmã. — Por quanto tempo carreguei nas costas a equipe de natação? Nunca me deram nada, nem agradecimentos. Agora, só porque fiquei um período sem poder treinar, saem correndo para contratar uma atleta. Como se o colégio precisasse, como se eu nunca mais fosse voltar à forma de antes.

— Márcia, você precisa admitir que tem um problema... — tentou argumentar minha mãe, mas a Márcia não deixou.

— A senhora também está no time dos que apostam que minha carreira acabou por causa da *cucaracha*? Pois não acabou. Ao contrário, agora, com o coração em ordem, vou nadar mais e melhor que antes. Não me chamo Márcia, se no campeonato municipal eu não tiver desempenho melhor que o da Formiguinha Elétrica.

— Tudo bem, minha filha. Mas acho que seria bom você pensar duas coisas: primeiro, pode haver nadadoras melhores que você, não é demérito nenhum.

— Tudo bem, mas a Formiguinha Elétrica não. Essa não é melhor que eu.

— Bom, segundo, apesar de o médico dizer que o marca-passo não atrapalha sua vida em nada, há a possibilidade de você não ter o mesmo desempenho físico de antes — falou meu pai.

— E eu gostaria que você pensasse nisto também: qual a importância de ser uma grande nadadora? Você pode viver muito bem sem isso — completou minha mãe.

— Tá legal, já pensei nisso tudo, mas, agora, é questão de honra. Vou mostrar que a escola fez uma burrada contratando a Formiguinha Elétrica. Depois...

— Bem, Márcia, então... — balbuciaram meu pai e minha mãe ao mesmo tempo, desacorçoados.

♡

A caminho da escola, eu pensava no apelido que a Márcia tinha posto na Miriam: Formiguinha Elétrica. Miúda e magricela, de feições finas e pontudas, gestos curtos e rápidos, andar apressado, compassado e decisivo, parecia movida a eletricidade, nunca um apelido me pareceu tão de acordo. Ela ainda haveria de machucar o Artur com um choque, pensei e não contive a gargalhada, inexplicável no silêncio oco que se interpunha entre todos nós no automóvel.

— Uai, ficou bobo? Está rindo do quê? — perguntou a Márcia.

— Dum troço que pensei.

— Podemos saber o que foi? — falou meu pai.

— Acho que sim — respondi, em dúvida se falava ou não.

— Então conta, todos queremos rir — pediu minha mãe.

— Não foi nada gozado, nem sei direito por que ri.

— Ah, agora a gente quer saber — disse minha irmã.

— Pensei que a Miriam ainda vai machucar o Artur com um terrível choque elétrico.

Minha irmã olhou para mim com ar de que não tinha gostado da brincadeira. Meu pai e minha mãe deram uma risada amarela para não me desapontar. E aquele silêncio oco ia outra vez se interpondo entre nós, mas a Márcia falou:

— Daniel, o choque da Formiguinha Elétrica é brincadeirinha. Choque, o Artur vai levar de mim. Você se esqueceu de que minha *cucaracha* tem um gerador atômico? Se o choque dela é elétrico, o meu é atômico e ele ainda vai saber o quanto dói.

29

OUTROS SEGREDOS DE MINHA IRMÃ

Minha irmã parecia fora de si; sua vida estava reduzida a treinar. Levantava-se às cinco e meia e descia. Alongamentos e exercícios. Pelas seis, mergulhava e nadava, nadava, nadava, nadava. Às sete, subia para se trocar, tomar café e irmos à escola. Depois do almoço, fazia as lições correndo. Às três estava na escola, treinando, até anoitecer. Por volta de oito e meia, ainda arrumava fôlego e disposição para mais treino.

Meus pais acharam que pudesse ser prejudicial e conversaram com o dr. Vítor, que não viu problema. Comentei com a dra. Cristina, que pediu para conversar com minha irmã. Claro, nunca soube do conteúdo dessa conversa, mas soube de outras coisas. Uma noite, estávamos só Márcia e eu em casa, passando por seu quarto, ouvi soluços. Bati na porta e abri, enquanto perguntava se podia entrar, pois assim ela não teria tempo de disfarçar. Mas minha irmã foi rápida. Encontrei-a recomposta, os olhos secos, um sorriso falso nos lábios. Perguntou o que eu queria. Desarmado, fiquei olhando em seu rosto, procurando sinais de choro, sem saber o que dizer, pois não via como abordar os assuntos que me incomodavam: sua injustificável obsessão pela natação, o Artur e seu desprezo, a escola e o acerto feito com a Formiguinha Elétrica.

— Nada, não. Sei lá, me deu vontade de ver o que você estava fazendo.

— Hum... — murmurou, com ar de que não acreditava em minha resposta.

— É, vou acabar a lição — concluí, apressado e sem jeito, fechando a porta.

Mal me sentei à escrivaninha, a Márcia avisou que estava descendo para treinar.

— Tá legal — respondi, sentindo um misto de alegria e arrependimento, porque, em mim, num instante, formou-se a convicção de que deveria aproveitar sua ausência e fuçar em sua agenda.

♡

Era preciso ser rápido. Abri a gaveta, peguei a de 1998, de capa vermelha, com a cara do Mickey. Sempre o Mickey. Numa página, logo no início, para minha surpresa, uma poesia:

O segredo e o equipamento

Carrego no peito um amor,
Carrego no seio um segredo
E no coração um defeito.
Carrego.

Carrego no peito uma dor
No seio um equipamento
Porque meu coração desfeito,
Coitado,

Perdeu passo, ritmo e compasso.
Por isso, além do amor que dói,
Incomodam-me fios, metais,
Cristais

E pilha de energia atômica
Em marca-passo que dá ritmo
Passo e compasso ao coração
Coitado,

Que bate e sofre, sofre e bate,
Gritando à toa o seu amor
Incompreendido, abandonado.
Tic, toc
Tic, toc

Então a Márcia fazia versos? E lembrei-me da aula de interpretação de textos. O da Márcia era claro e óbvio, nem tinha o que interpretar. Passei para as anotações seguintes:

reclamações de dores e da sensação de que os músculos do lado direito (acima do peito até o ombro) pareciam repuxados, de dificuldades para fazer determinados movimentos. Praticamente, toda anotação terminava com uma desconfiança, que registro com suas palavras:

Acho que nunca mais volto a ser a nadadora que fui. Adeus, Artur.

Numa anotação amarga, Márcia se julga traída. A escola, com a ajuda de Artur, procurava alguém para substituí-la na equipe.

Ah, não vão encontrar. E se encontrarem, faço das tripas coração, nem que tenha de inutilizar a cucaracha, *mas volto a ser a melhor nadadora da escola. O pior é a mudança de categoria. Preciso melhorar minhas marcas e concorro com nadadoras mais experientes. Mas vou conseguir, tenho certeza. Vou conseguir e mostrar ao Artur que ele desprezou a pessoa errada. E ao professor Maneco, que, para ter a melhor equipe de natação das escolas de Ribeirão Preto, ainda precisa contar comigo.*

Adiante, para grande surpresa minha, descubro que a seu pedido é que foi alterada a data da olimpíada interna. Ela conversou com a irmã Jacinta e o professor Maneco, explicou que só a partir de abril poderia retomar o treinamento e não gostaria de ficar de fora. Alegando necessidade de tempo para preparar a equipe para o campeonato municipal, o professor foi contra. Porém, irmã Jacinta levou o assunto ao conselho, que concordou com a mudança.

Ao ler essa anotação, olhei para lugar nenhum e pensei que minha irmã tinha os seus bem guardados segredos. Uma vida totalmente sua e independente. Ninguém de casa sequer sonhava com esse pedido da Márcia. Aliás, sequer imaginava que essa questão tinha adquirido tamanha importância para ela. E, ao pensar nessas coisas, senti uma tristeza estranha: eu participava menos do que imaginava da vida de minha irmã, enquanto ela participava mais do que eu gostaria da minha.

Porém, agora, faltava tempo para pensar. O importante era aproveitar a oportunidade para ir até o fim naquilo que já não me parecia apenas uma travessura e, no entanto, eu não encontrava forças para interromper, tamanha a necessidade de saber mais e mais a respeito de minha irmã, como se, para mim, ela não pudesse ter sua privacidade, sua intimidade. Sim, essa consciência de que não estava correto o que eu fazia incomodava-me, porém a necessidade de desvendar seus segredos, devassar sua intimidade era maior, muito maior que minha vontade de ser correto e limitar minhas ações às regras da boa educação e da sã convivência.

As anotações seguintes referiam-se às dificuldades dos treinamentos. Não se tratava apenas de recuperar forma física, e sim de superar limitações decorrentes da operação. E reclamava de dores musculares, dificuldades para determinados movimentos. No entanto, confessava que se sentia melhor: não tinha tonturas nem se preocupava com desmaios. Então, um interessante poema:

Marca, marca,
Marca a vida,
Marca-passo.

Adeus desmaios, adeus tonturas!
Bem-vindas e benditas dores musculares
À direita de meu peito.

Agora ando, agora corro,
Agora sento, agora deito
E eu não percebo que o mundo gira.

Marca, marca,
Marca a vida,
Marca-passo.

Para meus sentidos não se desligarem
Nem meus olhos se fecharem
Nem meus ouvidos ensurdecerem.

Marca, marca,
Marca a vida,
Marca-passo.

Marca o ritmo de meus braços na piscina,
Marca o passo de minhas pernas na avenida,
Marca os saltos e sobressaltos deste amor ignorado,

Marca os marcos de meus sonhos realizados,
Marca as marcas das desilusões vividas,
Marca as manchas das traições sofridas.

Marca, marca,
Marca a vida,
Marca-passo.

Fiquei olhando a poesia. Reli. Se tivesse tempo, faria uma cópia. Mas não tinha. Continuei lendo e, à medida que lia, fui compreendendo melhor a luta de minha irmã para chegar àquela competição em agosto, a seu ver, de decepcionante resultado. Mas decepcionante por quê? Então os resultados não eram heroicos para quem acabava de se submeter a uma cirurgia? As suas concorrentes não precisavam superar limitações físicas, as suas concorrentes não carregavam no peito uma dor e no seio um equipamento para marcar o ritmo, o passo e o compasso da vida.

De repente, percebi que estávamos no mês de setembro. A Márcia já tinha registrado aquilo que considerou um fracasso na prova de agosto. Porém, percebi que muito mais que a perda de posições no pódio, ela lamentava duas outras coisas. A primeira, a indiferença do professor Maneco quanto a seu treinamento, como se agora ela estivesse condenada a ser uma nadadora de segunda, uma nadadora "deficiente". (Ela usava essa palavra, desse jeitinho, entre aspas, "deficiente".) A segunda, o comportamento do Artur: mais que a indiferença amorosa, ela lastimava ter sido descartada, posta de lado por ser considerada inútil, porque, para ele, ela jamais voltaria a ser grande nadadora. Enfim, compreendeu que o Artur jamais tinha gostado dela, Márcia, uma menina que, dentre outras coisas, nadava. Ele tinha gostado apenas da atleta, todas as outras qualidades da Márcia nunca foram levadas em conta, como se não existissem.

Infelizmente, o Artur vive como quem mergulha numa piscina. Essa era a última frase anotada. E a comparação entre viver e mergulhar numa piscina ficou martelando minha cabeça, enquanto, tomando excessivos cuidados para não deixar marcas de minha inexplicável e imperdoável travessura, repus a agenda na gaveta, olhei o ambiente à procura de sinais que me denunciassem e voltei a meu quarto, onde sentei à escrivaninha e fiquei olhando para as letras inúteis, pois só conseguia pensar no sofrimento físico e moral, nas dores musculares e espirituais de minha irmã. Coitada da Márcia. Porém, ao lado desse sentimento de dó, uma admiração enorme e profunda por sua coragem, por sua determinação, por sua lucidez e capacidade de enxergar tudo e, com a própria cabeça, tomar as próprias decisões e levá-las até as últimas consequências. Aliás, quais seriam essas últimas consequências? Impossível prever.

30

DEDICAÇÃO TOTAL

Manhã clara de outubro. Minha irmã não iria à aula, tinha consulta de ajuste do marca-passo às dez horas.

— Depois, garanto como vai ficar treinando — comentei.

— É o que ela gosta de fazer — explicou minha mãe.

Cheguei para o almoço e encontrei minha irmã com aquele ar de felicidade característico de quando lhe acontecia algo de bom. Perguntei o que era, respondeu que nada e quis saber das tarefas e se os professores tinham dado matéria nova.

— Um pouco, depois do almoço mostro, agora estou com o estômago no pé — respondi.

— Bom que seja pouco mesmo. A partir de hoje, vou treinar o quanto puder.

— Mais do que treina, Márcia?

— Muito mais. O dr. Vítor falou que estou perfeitamente integrada ao tratamento, logo, posso me dedicar ainda mais.

— Hum, então não vai mais dormir pra treinar de madrugada?

— Não, não é nada disso. Mas deixa pra lá, essa é uma coisa que você não entende.

Sim, realmente eu não entendia, porque, tão logo acabamos de almoçar, pediu para ver meus cadernos. Olhou a matéria, copiou a lição de casa e trancou-se em seu quarto. Antes das três, saía para treinar.

Como minha mãe saiu, fiquei sozinho, não resisti. Fui a seu quarto, com aquela sensação estranha de curiosidade e medo, de amor e traição. Sim, amor, porque ninguém gostava mais da Márcia do que eu. Por outro lado, essa minha bisbilhotice não deixava de ser uma enorme traição. Se um dia ela soubesse, talvez nossa amizade ficasse abalada. Não sei se eu perdoaria alguém que fizesse comigo o que eu vinha fazendo com ela. Porém, a sede de ler suas anotações era muito maior que qualquer problema de consciência, que qualquer restrição moral.

Abri a gaveta, peguei a agenda com a cara alegre do Mickey, sentei em sua cama e comecei a folhear, de trás para frente. Sexta-feira, 23 de outubro. A primeira anotação era o horário da consulta, 10 da manhã. Abaixo, com a sua letra redonda e bonita:

Estou tranquila e liberada. O dr. Vítor não comentou nada. Está tudo bem com a cucaracha *Isso significa que meu esforço não foi excessivo nem pôs nada em risco. Agora, sim, posso perder o receio e fazer todos os movimentos que temia.*

A partir de hoje, nada nem ninguém me segura. Vou recuperar a forma e as posições perdidas. O Artur há de morrer com o veneno da própria língua, que ainda vai morder. E o professor Maneco vai ter a vida inteira para lembrar que não se pode menosprezar ninguém, mesmo que esse alguém tenha uma cucaracha *no peito.*

Ok, estava explicado o inexplicável: a Márcia, com receio de prejudicar o marca-passo, mantinha-se dentro de certos limites. Agora, sentia-se autorizada a rompê-los. Fechei a agenda, guardei-a e saí. De tão preocupado, sequer lembrei de verificar se tinha deixado rastros de minha descabida bisbilhotice.

Na sala, sentei e fiquei olhando o céu azul, perguntando-me se devia ou não falar com minha mãe a respeito do que acabava de descobrir. Por causa desses movimentos, antes temidos e agora liberados, a Márcia não iria provocar algum problema no marca-passo? Arrebentar um fio, desprogramar, sei lá! Aliás, o que sabia eu a respeito de marca-passos? Nada. Sabia apenas que minha irmã tinha saído de casa para treinar e muito, para recuperar até o próximo mês as posições que tinha perdido. E tudo isso por quê? Por causa das medalhas? Talvez subir no pódio contasse, mas, sem dúvida, contava muito mais o acerto de contas que queria fazer com o Artur e com o professor Maneco. A troco do quê? Sua vida, sua saúde não valiam muito mais que isso?

Quando ouvi minha mãe entrando, levantei-me, espantado pelo tempo que fiquei ali pensando. Fui à cozinha, bebi água e voltei. Minha mãe mexia na estante. Parei a seu lado, em dúvida se contava ou não o que acabava de saber a respeito de minha irmã. Num átimo, passou por minha cabeça que, se contasse, estaria confessando meu comportamento inaceitável. Pelo menos aos olhos dos outros. (Pois é, eu tinha essa sensação de que, se ninguém soubesse, essa invasão da intimidade de minha irmã era perfeitamente aceitável.) Enfim, devo confessar que falou muito mais alto o medo de ser apanhado em "flagrante delito" que proteger a saúde de minha irmã; por isso, para avaliar melhor a situação, perguntei como tinha sido a consulta com o dr. Vítor.

— Ele disse que a Márcia está ótima, perfeitamente integrada ao tratamento e que deve levar uma vida normalíssima. Aliás, uma vida melhor do que levaria, porque está livre do incômodo das tonturas, do susto dos desmaios e do risco de coisas mais graves.

— Mas e quanto à natação, o que ele falou?

— Nada.

— Mas a senhora explicou que a Márcia está exagerando?

— Comentei que ela se dedica demais e ele respondeu que, se ela se sente bem...

— Quer dizer, não tem risco... — e não encontrei palavras para concluir o pensamento.

— Risco do quê, Daniel?

— Sei lá, de o treinamento prejudicar alguma coisa.

— Não. Pelo menos, dr. Vítor não fez nenhuma restrição.

— Ah, legal — concluí, aliviado, já a caminho de meu quarto.

31

O RESULTADO

Agora, ali estava o resultado: Márcia no pódio pela terceira vez, sempre para receber medalha de ouro. Cem metros nado livre, nado costas e revezamento. Em nado livre e costas quebrou os recordes anteriores. O professor Maneco sorria satisfeito, colhendo os louros de uma vitória que, se dependesse dele, talvez não tivesse acontecido. O Artur andava cabisbaixo de um lado a outro, ensaiando aproximar-se de minha irmã, que, nos mínimos gestos, deixava claro que não queria conversa. E a Formiguinha Elétrica só pegou uma medalha de ouro, ainda assim porque era da mesma equipe de revezamento de minha irmã.

A Márcia ria, eu olhava o brilho de seu olhar seguro e feliz e tentava adivinhar o que se passava em sua cabeça.

Não havia ressentimento em suas feições, não havia mágoa em seus gestos, não havia ódio no abraço que deu no professor Maneco, nem desprezo no que deu em Artur, muito menos ciúme no beijo que trocou com a Miriam.

Ao fim da solenidade, procurou-me, para voltarmos para casa. No caminho, tive de segurar a língua para não falar a respeito de determinados assuntos, que, no entanto, viriam à tona no dia seguinte, logo depois de ela ter se despedido do Artur, que, depois de um ano sem aparecer, resolveu visitá-la.

— O que deu nele de vir te ver? — perguntei, revoltado.

— Nada. Para o Artur, é importante ter amizade comigo.

— Agora, antes não era. Por quê?

— Daniel, entenda! O Artur gostaria de ser um grande nadador, não conseguiu. Então, como reduziu seu universo às raias de uma piscina, sonha em se tornar técnico. Por isso, tenta revelar atletas para colher louros alheios, já que ele mesmo há muito não consegue nada nas competições.

— Ah — espantei-me, pensando que, todo esse tempo, eu tinha amargado ressentimentos contra o Artur e nem tinha sacado isso que minha irmã acabava de dizer. — É mesmo, Márcia, não me lembro de ter visto o Artur ganhar uma única medalha.

— Já ganhou muitas, hoje não ganha mais.

— Por quê?

— Não sei. Falta de dedicação? De técnica? Não sei. Tentou treinar, perdeu posições, apareceram atletas melhores. Hoje, seu caminho é ser técnico, entende muito de natação. Vai ser bom técnico. E vai ficar ainda melhor, se um dia aprender a ver em seus atletas pessoas que não se limitam às raias olímpicas da piscina, pessoas que não mergulham na vida com a simplicidade com que se mergulha numa piscina.

— Ah! — espantei-me de novo. — E o professor Maneco?

— Faz sua carreira. Foi convidado por vários clubes para dirigir a equipe de natação. Com certeza, vai avaliar as propostas e escolher a melhor.

— E vai deixar a escola?

— Não, continua, e o Artur, que termina o colegial este ano e diz que vai fazer Educação Física, vai ser seu auxiliar.

— Ah, legal — falei, pensando que minha irmã, enquanto eu ficava envolvido em questiúnculas pessoais, diz que diz que, ia muito além, via e analisava toda a trama que a vida tecia à sua volta. Então, interessado em saber qual seria o seu lugar nessa história toda, perguntei: — E você? Com certeza acompanha o professor Maneco para o clube que ele escolher?

— Eu, Daniel! Vê lá!

— Por quê? Vai ficar marcando passo na equipe da escola?

— Não, não vou ficar marcando passo em lugar nenhum. Aliás, quem marca passo é a *cucaracha* — brincou, apontando abaixo do ombro direito.

— O que você vai fazer, Márcia?

— Não sei ao certo, mas tenho a certeza de que vou mergulhar na vida, não com a simplicidade de quem mergulha numa piscina.

32

RECADO DE FIM DE ANO

Aquela tarde, fingi que não sabia que a Márcia saía com minha mãe para comprar o meu presente de Natal. Aliás, fingi mais, fingi para mim mesmo que não sabia que queria ficar sozinho para fuçar na agenda dela.

Tão logo o automóvel atravessou o portão do condomínio, corri ao quarto atrás da agenda. Lá estava, vermelha, o Mickey com suas imensas orelhas e os sapatões amarelos. Só depois que a peguei, percebi que, pela primeira vez, não a encontrei fechada, escondida no fundo da gaveta. Comecei a folheá-la, de trás para frente. Para meu absoluto espanto, li o seguinte:

Eu tinha certeza de que você viria de novo mexer nas minhas coisas. Mas não vai ficar sabendo muito mais do que já sabe, mais do que já falei para você, Daniel. Minha vida é um livro aberto. Aliás, uma agenda aberta, não é mesmo?

Então, Daniel, quer saber o que espero da vida? Muitas coisas, que piscina nenhuma pode me dar. Aliás, o que todas as piscinas do mundo poderiam me dar, já me deram: um quadro cheio de medalhas, algum reconhecimento, disciplina, força de vontade. Agora, o que espero, sei que não é nas raias de piscinas que vou encontrar. É nos livros, nos estudos. É este meu programa: estudar, me preparar para o vestibular, fazer uma faculdade, provavelmente de Jornalismo. Mas tenho dúvidas, também gosto de Direito e Economia. E Psico-

logia ainda não está descartada. Tenho mais dois anos para decidir.

Quanto à natação? Claro, vou continuar nadando e competindo, mas sem fanatismo, para me divertir e porque faz bem para a saúde. Apesar de eu ter ido bem na última competição, tenho consciência de que a cucaracha *não deixa de ser uma limitação com a qual preciso conviver. Nenhuma medalha de ouro compensa o esforço e as dores que sinto para superar meus limites. Há limites mais importantes cuja superação não exige grandes sacrifícios físicos. É a eles que pretendo me dedicar. Você já viu quantos livros existem para serem lidos? Quanto temos de estudar para dominar o inglês? Para aprender o espanhol e o francês?*

Pois é, o ano que vem o Nova Dimensão não deve esperar de mim nenhum desempenho excepcional. Vou passar o meu cetro para a Miriam. Ela tem jeito, se se dedicar, vai ser uma nadadora melhor e mais completa que eu, porque não carrega no peito a dor de uma cucaracha.

Quanto ao amor, nasce e renasce. Assim como me empolguei com o Artur, hoje estou empolgada por... Pois é, não é agora que você vai ficar sabendo. Tudo tem seu tempo. Inclusive o de matar e enterrar essa sua curiosidade em relação à minha "agenda quase diário".

Um beijo na ponta desse narigão abelhudo, de sua irmã que não ficou com raiva nem chocada quando descobriu onde você o metia. Porém, agora chega.

Envergonhado, repus a agenda onde estava e desci correndo à piscina. Sentei-me sozinho e fiquei pensando, tentando entender como e quando a Márcia descobriu que eu bisbilhotava em sua agenda. E mais, pensando em como encará-la dali para a frente.

33

ENFIM, O PONTO-FINAL

Como e quando ela soube que mexi em sua agenda, jamais descobri: minha irmã foi gentil o suficiente para me olhar sempre com os olhos amigos que me acompanharam desde o primeiro dia de vida e jamais tocar nesse assunto. Por isso, passado o receio do primeiro encontro depois da leitura daquela terrível página, acabou-se o mal-estar, e nossa amizade continuou firme e sólida, como deve ser a de irmãos gêmeos. No mais, agora que revi esses anos de meu amadurecimento, posso, enfim, pôr o ponto-final.

Arquivo Pessoal

Se eu fosse dado a dedicatórias, este livro seria dedicado a uma menina desconhecida. Na sala de espera do consultório do cardiologista que implantou meu marca-passo quando eu tinha 49 anos, sentia-me um menino em meio a senhores de cabelos brancos. Essa menina entrou e sentou-se a meu lado. Devia estar acompanhando o pai ou o avô, pensei. Mas a secretária chamou-a para assinar a guia da consulta.

Quando voltou, perguntei se era portadora de marca-passo. Com um sorriso, respondeu que sim, havia quatro anos. Perguntei sua idade: 17 anos. E lembrei-me de meu pânico quando se diagnosticou a necessidade de implantar-me um marca-passo. Senti-me até covarde. Afinal, quantos anos eu conviveria com esse aparelho em meu peito? Ela, feliz e confiante, talvez fosse viver carregando o seu mais do que todos os anos que eu tinha vivido até ali.

Quando o médico me atendeu, perguntei se era comum paciente daquela idade. Ele explicou que tinha muitos e que gostava dos *teens*, que, normalmente, se integravam bem ao tratamento.

Enfim, a experiência dessa menina me consolou. E dela brotou a semente deste *Carrego no peito*. Ah, quanto aos gêmeos: meus irmãos mais novos são gêmeos de sexos diferentes.

No mais, nasci ainda na primeira metade do século passado, a 4 de dezembro de 1949, em Santa Rita do Passa Quatro. Fiz primário, ginásio e colegial em escolas da rede pública do interior do Estado de São Paulo. Estudei na Faculdade de Direito da USP. Fui funcionário público e bancário. Casei-me, tive três filhos, perdi o mais velho. Ainda não tenho netos.

Durante todos esses anos, tenho lido e estudado muito; aprendi que preciso ler e estudar ainda mais. Pela Saraiva, tenho publicados *O ciclo da soja, Sabor de vitória, É tudo mentira* e *O estranho doutor Pimenta.*

Sobre o ilustrador:

Luís Ricardo Montanari era paulistano, com longa carreira em ilustrações para livros didáticos (muitos desta Editora). Para a coleção Jabuti, também ilustrou *Angelino*, *O voo do cobertor esfiapado* e *Um balão caindo perto de nós.*

COLEÇÃO JABUTI

Adeus, escola ▼◆🗐☒
Amazônia
Anjos do mar
Aprendendo a viver ◆⌘■
Aqui dentro há um longe imenso
Artista na ponte num dia de chuva e neblina, O ✻★⌗
Aventura na França
Awankana ✎☆⌗
Baleias não dizem adeus ✻🕮⌗○
Bilhetinhos ✪
Blog da Marina, O ⌗✎
Boa de garfo e outros contos ◆✎⌘⌗
Bonequeiro de sucata, O
Borboletas na chuva
Botão grená, O ▼✎
Braçoabraço ▼⚐
Caderno de segredos ❏◎✎🕮⌗○
Carrego no peito
Carta do pirata francês, A ✎
Casa de Hans Kunst, A
Cavaleiro das palavras, O ★
Cérbero, o navio do inferno 🕮☑⌗
Charadas para qualquer Sherlock
Chico, Edu e o nono ano
Clube dos Leitores de Histórias Tristes ✎
Com o coração do outro lado do mundo ■
Conquista da vida, A
Da matéria dos sonhos 🕮☑⌗
De Paris, com amor ❏◎★🕮⌘☒⌗
De sonhar também se vive...
Debaixo da ingazeira da praça
Desafio nas missões
Desafios do rebelde, Os
Desprezados F. C.
Deusa da minha rua, A 🕮⌗○
Devezenquandário de Leila Rosa Canguçu ✈
Dúvidas, segredos e descobertas
É tudo mentira
Enigma dos chimpanzés, O
Enquanto meu amor não vem ●✎⌗
Escandaloso teatro das virtudes, O ✈☺

Espelho maldito ▼✎⌘
Estava nascendo o dia em que conheceriam o mar
Estranho doutor Pimenta, O
Face oculta, A
Fantasmas ⌗
Fantasmas da rua do Canto, Os ✎
Firme como boia ▼⌗○
Florestania ✎
Furo de reportagem ❏✪◎🕮⚐⌗
Futuro feito à mão
Goleiro Leleta, O ▲
Guerra das sabidas contra os atletas vagais, A ✎
Hipergame ✍🕮⌗
História de Lalo, A ⌘
Histórias do mundo que se foi ▲✎✪
Homem que não teimava, O ◎❏✪⚐○
Ilhados
Ingênuo? Nem tanto...
Jeitão da turma, O ✎○
Lelé da Cuca, detetive especial ☑✪
Leo na corda bamba
Lia e o sétimo ano ✎■
Luana Carranca
Machado e Juca †▼●☞☑⌗
Mágica para cegos
Mariana e o lobo Mall 🕮⌗
Márika e o oitavo ano ■
Marília, mar e ilha 🗐✍✎
Matéria de delicadeza ✎☞⌗
Melhores dias virão
Memórias mal-assombradas de um fantasma canhoto
Menino e o mar, O ✎
Miguel e o sexto ano ✎
Miopia e outros contos insólitos
Mistério mora ao lado, O ▼✪
Mochila, A
Motorista que contava assustadoras histórias de amor, O ▼●🗐⌗
Na mesma sintonia ⌗■
Na trilha do mamute ■✎☞⌗
Não se esqueçam da rosa ♠⌗
Nos passos da dança

Oh, Coração!
Passado nas mãos de Sandra, O ▼◎⌗○
Perseguição
Porta a porta ■🗐❏◎✎⌘⌗
Porta do meu coração, A ◆⚐
Primeiro amor
Quero ser belo ☑
Redes solidárias ◎▲❏✎⚐⌗
Reportagem mortal
romeu@julieta.com.br ❏🗐⌘⌗
Rua 46 †❏◎⌘⌗
Sabor de vitória 🗐⌗○
Sambas dos corações partidos, Os
Savanas
Segredo de Estado ■☛
Sete casos do detetive Xulé ■
Só entre nós – Abelardo e Heloísa 🗐■
Só não venha de calça branca
Sofia e outros contos ☺
Sol é testemunha, O
Sorveteria, A
Surpresas da vida
Táli ☺
Tanto faz
Tenemit, a flor de lótus
Tigre na caverna, O
Triângulo de fogo
Última flor de abril, A
Um anarquista no sótão
Um dia de matar! ●
Um e-mail em vermelho
Um sopro de esperança
Um trem para outro (?) mundo ✖
Uma trama perfeita
U'Yara, rainha amazona
Vampíria
Vida no escuro, A
Viva a poesia viva ●❏◎✎🕮⌗○
Viver melhor ❏◎⌗
Vô, cadê você?
Zero a zero

Prêmio Altamente Recomendável da FNLIJ
Prêmio Jabuti
Prêmio "João-de-Barro" (MG)
Prêmio Adolfo Aizen - UBE
Premiado na Bienal Nestlé de Literatura Brasileira
Premiado na França e na Espanha
Finalista do Prêmio Jabuti
Recomendado pela FNLIJ
Fundo Municipal de Educação - Petrópolis/RJ
Fundação Luís Eduardo Magalhães

● CONAE-SP
⌗ Salão Capixaba-ES
▼ Secretaria Municipal de Educação (RJ)
■ Departamento de Bibliotecas Infantojuvenis da Secretaria Municipal da Cultura/SP
◆ Programa Uma Biblioteca em cada Município
❏ Programa Cantinho de Leitura (GO)
♠ Secretaria de Educação de MG/EJA - Ensino Fundamental
☞ Acervo Básico da FNLIJ
✈ Selecionado pela FNLIJ para a Feira de Bolonha

✎ Programa Nacional do Livro Didático
🕮 Programa Bibliotecas Escolares (MG)
✍ Programa Nacional de Salas de Leitura
🗐 Programa Cantinho de Leitura (MG)
◎ Programa de Bibliotecas das Escolas Estaduais (GO)
† Programa Biblioteca do Ensino Médio (PR)
⌘ Secretaria Municipal de Educação/SP
☒ Programa "Fome de Saber", da Faap (SP)
⚐ Secretaria de Educação e Cultura da Bahia
○ Secretaria de Educação e Cultura de Vitória